Mao Yu Shu
Ye Chan Mian

猫与鼠 也缠绵

人民文学出版社

有价值悦读

陈忠实

图书在版编目(CIP)数据

猫与鼠 也缠绵/陈忠实著. —北京：人民文学出版社，2013
（有价值悦读）
ISBN 978-7-02-010102-3

Ⅰ.①猫… Ⅱ.①陈… Ⅲ.①中篇小说—中国—当代②短篇小说—小说集—中国—当代③散文集—中国—当代 Ⅳ.①I217.2

中国版本图书馆CIP数据核字(2013)第232719号

责任编辑	刘　稚
责任校对	韩志慧
装帧设计	陶　雷
责任印制	王景林

出版发行	人民文学出版社
社　　址	北京市朝内大街166号
邮政编码	100705
网　　址	http://www.rw-cn.com
印　　刷	北京市松源印刷有限公司
经　　销	全国新华书店等
字　　数	147千字
开　　本	787毫米×1092毫米　1/32
印　　张	9　插页3
印　　数	8001—13000
版　　次	2014年6月北京第1版
印　　次	2016年5月第2次印刷
书　　号	978-7-02-010102-3
定　　价	28.00元

如有印装质量问题，请与本社图书销售中心调换。电话：01065233595

出版说明

社会飞速发展,欲求稳定健康、立足长远,必须有具备良好价值的文学读品,丰富和保护我们个体的心灵和创造力;社会飞速发展,现实的我们,也确实没有多少完整的时间,投入心性的培养和审美能力的提升。人民文学出版社推出这套"有价值悦读"丛书,以作品精到为编选方向,以形态精致为制作目标,旨在为当今奔忙于生计和学业的人们,提供一个既可以随时便览,抽时间细细品味也深有内涵的文学经典读本。

初出第一辑,以当代优秀的小说家为主,每人一册,不特选小说,作者有被称道的散文作品亦纳入该作者的选本。

限于目前的具体情况,一些作者未能收入眼下这一辑,我们将在后续的出版过程中,满足大家的要求。

我们热切地期盼广大读者,对我们这套丛书提出意见和建议,以使我们能够做得更好,我们彼此能够更贴近。

人民文学出版社编辑部

目 录

康家小院 \ *1*

信任 \ *83*

霞光灿烂的早晨 \ *99*

桥 \ *115*

日子 \ *141*

作家和他的弟弟 \ *157*

猫与鼠,也缠绵 \ *171*

李十三推磨 \ *195*

告别白鸽 \ 217

原下的日子 \ 229

关于一条河的记忆和想象 \ 241

贞节带与斗兽场

 ——意大利散记之二 \ 257

口红与坦克

 ——美、加散记之四 \ 265

林中那块阳光明媚的草地

 ——俄罗斯散记之二 \ 271

康家小院

一

没有女人的家,空气似乎都是静止的。

康田生三十岁上死了女人。把那个在他家小厦屋里出出进进了五年、已经和简陋破烂的庄稼院融为一体的苦命人送进黄土,康田生觉得在这个虽然穷困却无比温暖的小院里,一天也待不下去了。他抱起亲爱的亡妻留给他的两岁的独生儿子勤娃,用粗糙的手掌抹一抹儿子头顶上的毛盖头发,出了门,沿着村子后面坡岭上的小路走上去了。他走进老丈人家的院子,把勤娃塞到表嫂怀里,鼓劲打破蒙结在喉头的又硬又涩的障碍:

"权当是你的……"

勤娃大哭大闹,抢胳膊蹬腿,要从舅妈的怀里挣脱出来。他赶紧转过身,出了门,梗着脚子没有回头;再看一眼,他可能就走不了。

走出丈人家所居住的腰岭村,下了一道塄坎,他双手撑住一棵合抱粗的杏树的黑色树干,呜的一声哭了。

只哭了一声,康田生就咬住了嘴唇,猛然爆发的那一声撕心裂肺的中年男人的粗壮的声音,戛然而止。他没有哭下去,迅即离开大杏树,抹去眼眶里的泪水,使劲咳嗽两声,沿着上岭来的那条小路走下去了。

三十年的生活经历,教给他忍耐,教给他倔犟,独独没有教会他哭泣。小时候,饿了时哭,父亲用耳光给他止饥。和人家娃娃玩恼了,他占了便宜,父亲抽他耳光;他吃了亏,父亲照样抽他的耳光。他不会哭了,没有哭泣这个人类男女皆存的强烈的感情动作了。即使国民党河口联保所的柳木棍打断了两根,他的裤子和皮肉粘在一起,牙齿把嘴唇咬得血流到脖子里,可眼窝里始终不渗一滴眼泪。

下河湾里康家村的西头,在大大小小高高矮矮拥挤着的庄稼院中间,夹着康田生两间破旧的小厦房,后墙高,檐墙低,陡坡似的房顶上,掺接得稀疏的瓦片,在阴雨季节常常漏水。他和他的相依为命的妻子,夜里光着身子,把勤娃从炕的这一头挪到那一头,避免潮湿……现在,妻子已经躺在南坡下的黄土里头了,勤娃送到表兄嫂家去了,残破低矮的土围墙里的小院,空气似乎都凝结了,静止了,他踏进院子的脚步声居然在后院围墙上发出嗡嗡的回音。灶是冷的,锅是冰的,擀面杖依旧架在案板上方的木橛上……妻子头上顶着自己织成的棉线布巾(防止烧锅的柴灰落到乌黑的头发里),拉着风箱,锅盖的边沿有白色的水汽冒出来。他搂着儿子,蹲在灶锅前,装满一锅旱烟。妻子从灶门里点燃一根柴枝,笑着递到他手上时,勤娃却一把夺走了,逞能地把冒着烟火的柴枝按到爸爸的烟锅上。他吸着了,生烟叶子又苦又辣的气味呛得勤娃咳嗽起来,竟然哭了,恼了。他把一口烟又喷到妻子被火光映得忽明忽暗的脸上,呛得妻子也咳嗽,流泪,逗得勤娃又笑了……一条长凳、一张方桌,靠墙放着;两条缀着补丁的粗布被子,叠摞在炕头的苇席上,一切他和妻子共同使用过的家具和什物,此刻都映现着她忧郁而温存的眼睛。

连着抽完两袋旱烟,康田生站起来,勒紧腰里的蓝布带子,把烟袋别在后腰,从墙角提起打土坯的木把青石夯,扛上肩膀,再把木模挂到夯把上,走出厦屋,锁上门,走过小院,扣上木栅栏式的院墙门上的铁丝扣子,头也不回地走出康家村了。

第二天清晨,当熹微的晨光把坡岭、河川照亮的时光,康田生已经在一个陌生的村庄旁首的土壕里,提着青石夯,砸出轻重有致、节奏明快的响声了。

三十岁,这是庄稼汉子的什么年岁啊!康田生剥了长衫,只穿一件汗褂,膀阔腰粗,胳膊上栗红色的肌肉闪闪发光。他抡着几十斤重的石夯,捶击着装满木模的黄土,劈里啪啦,一串响声停歇,他轻轻端起一块光洁平整的土坯,扭着犍牛一样强壮的身体,把土坯垒到一起,返回身来,给手心喷上唾液,又提起石夯,捶啊捶起来……

他要续娶。没有女人的小院里的日月,怎么往下过呢!他才三十岁。三十岁的庄稼汉子,怕什么苦吃不得吗?

十四五年过去了,康田生终于没有续上弦。

他在小河两岸和南塬北岭的所在村庄里都承揽过打土坯的活计,从这家那家农户的男主人或女当家的手里,接过一枚一枚铜元或麻钱,又整串整串地把这些麻钱和铜元送交给联保所的官人手里,自己也搞不清哪一回缴的是壮丁捐,哪一回又缴的是军马草料款了。

他早出晚归,仍然忙于打土坯挣钱,又迫于给联保所缴款,十四五年竟然糊里糊涂地过去了。人老虽未太老,背驼亦未驼得太厉害。而变化最大的是,勤娃已经长得和他一般高了,只是没有他那么粗,那么壮。他已经不耐烦用小碗频频到锅里去舀饭,换上一只大人常用的粗瓷大碗;也不知什么时候学的,勤娃已经会打土坯了。

康田生瞧着和自己齐肩并头的勤娃,顿然悟觉到:应该给儿子订媳妇了呢!

二

勤娃在舅家,舅舅把他送给村里学堂的老先生。老先生一顿板子,打得他把好容易认得的那几个字全飞走了。他不上学,舅舅和舅母哄他,不行;拖他,去了又跑了;不得不动用绳索捆拿,他一得空还是逃走了。

"生就的庄稼坯子!"听完表兄表嫂的叙述,康田生叹一口气,"真难为你们了。"

勤娃开始跟父亲做庄稼活儿。两三亩薄沙地,本来就不够年富力强的父亲干,农忙一过,他闲下来。他学木匠,记不住房梁屋架换算的尺码。似乎不是由他选择职业,而是职业选择他,他学会打土坯,却是顺手的事。

在乡村七十二行手艺人当中,打土坯是顶粗笨的人干了的,虽不能说没有一点技术,却主要是靠卖力气。勤娃用父亲的那副光滑的柿树木质的模子,打了一摞(五百数)土坯,垒了茅房和猪圈,又连着打了几摞,把自家被风雨剥蚀得残破的围墙推倒重垒了。这样,勤娃打土坯出师了。

活路多的时候,父子俩一人一把石夯,一副木模,出门做活儿。活路少的时候,勤娃就让父亲留在屋里歇着,自己独个去了。

他的土坯打得好。方圆十里,人家一听说是老土坯客的儿子,就完全信赖地把他引到土壕里去了。

这一天,勤娃在吴庄给吴三家打完一摞土坯,农历四月的太阳刚下塬坡。他半后晌吃了晚饭,接过吴三递给他的一串麻钱,装进腰里,背起石夯和木模,告辞了。刚走出大门,吴三的女人迎面走来,一脸黑风煞气:"土坯摞子倒咧!"

"啊?"吴三顿时瞪起眼睛,扯住他的夯把儿,"我把钱白花了,饭给你白吃了?你甭走!"

"认自个倒霉去!"勤娃甩开吴三拉拉扯扯的手说。按乡间虽不成文却成习律的规矩,一摞土坯打成,只要打土坯的人走出土壕,摞子倒了,工钱也得照付。勤娃今天给吴三家打这土坯时,就发觉土泡得太软了,后来想到四月天气热,土坯硬得快,也就不介意。初听到吴三婆娘报告这个倒霉事的时光,他咂了一下嘴,觉得心里不好受。可当他一见吴三变脸睁眼不认人的时候,他也来了硬的,"土坯不是倒在我的木模上……"

吴三和他婆娘交口骂起来。围观的吴庄的男女,把他推走了。骂归骂,心里不好受归不好受,乡规民约却是无法违背的。他回家了。

"狗东西不讲理!"勤娃坐在小厦屋的木凳上,给坐在门槛上的父亲叙述今天发生的事件,"他要是跟我好说,咱给他再打一摞,不要工钱!哼!他胡说乱道,我才不吃他那一套泼赖!"

康田生听完,没有吭声,接过儿子交到他手里来的给吴三打土坯挣下的麻钱,在手里攥着,半响,才站起身,装到那只长方形的木匣里,那是亡妻娘家陪送的梳妆盒儿。他没有说话,躺下睡了。

勤娃也躺下睡了。父亲似乎就是那么个人,任你说什么,他不大开口。高兴了,笑一笑;生气了,咳一声。今天他既没笑,也没叹息。他就是那样。

勤娃听到父亲的叫声,睁开眼,天黑着,豆油灯光里,父亲已经把石夯扛到肩膀上了。他慌忙爬起,穿好衣裤,就去捞自己的那一套工具,大概父亲应承下远处什么村庄里的活儿了。

"你甭拿家具了。"父亲说,"你提夯,我供土。"

说罢,父亲扛着石夯出了门,勤娃跟在后头,锁上了门板。村庄里悄悄静静,一钩弯镰似的月牙悬浮在西塬上空,河滩里蛙声一片。

"爸,去哪个村?"

"你甭问,跟我走。"

勤娃就不再说话。马家村过了,西堡,朱家寨……天麻明,走进吴庄村巷了。父亲仍不停步,也不回头,从吴庄的大十字拐过去,站立在吴三门口了。勤娃一愣,正要给爸爸发火,吴三从门里走出来。

"老三,还在那个土壕打土坯吗?"

吴三一愣,没好气地说:"我还打呀?"

"你只说准,还是那个土壕不是?"

"我另寻下土坯匠了。"

勤娃早已忍耐不住(这样卑微下贱),他忽地转过身,走了。刚走开几步,膀子上的衣服被急急赶上前来的父亲揪住了。一句话没说,父子俩来到勤娃昨日打土坯的大土壕。

"提夯!"康田生给木模里装饱了土,命令说。

勤娃大声哀叹着,提起石夯,跳到打土坯的青石台板上。刚刚从夜晚沉寂中苏醒过来的乡村田野上,响起了有节奏的青石夯捶击土坯的声音。

太阳从东塬顶上冒出来,勤娃口渴难忍。往昔里,太阳冒红时光,主人就会把茶水和又酥又软的发面锅盔送到土壕来。今日算干的什么窝囊事啊!

乡村人吃早饭的时光到了,土壕外边的土路上,踽踽走过从塬坡和河川劳动归来的庄稼汉,进入树荫浓密的吴庄村里去了。爷儿俩停住手,爸爸从口袋里取出自带的干馍,啃起来。勤娃嗓子眼里又干又涩,看看已经风干的黑面馍馍,动也没动,把头拧到一边,躲避着父亲的眼光,他怕看见爸爸那一双可怜的眼光。他第一次强烈感到了出笨力者的屈辱和下贱,憎恨甘作下贱行为的父亲了。

农历四月相当炎热的太阳,沿着塬塄的平顶,从东朝西运行,挨着西塬坡顶的时光,五百数目为一摞的土坯整整齐齐垒在昨日倒坍掉的那一堆残迹旁边。父子俩收拾工具和脱掉扔在地上的衣衫,走出土壕了。

"给老三说,把土坯苫住,当心今黑有雨。"父亲在村口给一位老汉捎话,"我看今晚有雨哩。你看西河口那一层云台……"

"走走走走走!"勤娃走出老远,粗暴地呵斥父亲,"操那么些闲心做啥?"

勤娃回到家,一进门,掼下家具,就蹲在灶锅下,点燃了麦草,湿柴呛得鼻涕眼泪交流,风箱板甩打得劈啪乱响。他又饿又渴,虚火中烧。父亲没有吭声,默默地在案板上动手和面。要是父亲开口,他准备吵!这样窝窝囊囊活人,他受不了。

"康大哥!"

一声呼叫,门里探进一颗脑袋,勤娃回头一看,却是吴三,他一扭头,理也不理,照旧拉着风箱。父亲迎上前去了。

"康大哥!实在……唉!实在是……"吴三和父亲在桌前坐下来,"我今日没在屋,到亲戚家去了。回来才听说,你又打下一擩……"

"没啥……嘿嘿嘿……"父亲显然并不为吴三溢于言表的神色所动情,淡淡地应和着,"没啥。"

"你爷儿俩饿了一天,干渴了一天!"吴三越说越激动,"我跟娃他妈一说,就赶紧来看你。我要是不来,俺吴庄人都要骂我不通人性了。"

"噢噢噢……嘀嘀……"康田生似乎也动了情,"咱庄稼人,打一摞土坯也不容易,花钱……咱挣了人的麻钱,吃了人的熟食,给人打一堆烂货,咱心里也不安宁哩!"

"不说了,不说了。"吴三转过脸,"勤娃兄弟,你也甭记恨……老哥我一时失言……"

怪得很,窝聚在心胸里一整天的那些恶气和愤怨,一下子全都消失了,勤娃瞟一眼满脸憨笑着的吴三,不好意思地笑笑,表示自己也有过失。他低头烧锅,看来吴三是个急性子的热心人,好庄稼人!他把爸爸称老哥,把自己称兄弟,安顿的啥班辈儿嘛!反正,他是把自己往低处安。

"这是两把挂面。这是工钱。"吴三的声音。

"使不得!使不得!"父亲慌忙压住吴三的手。

"你爷儿俩一天没吃没喝……"

"不怎不怎……"

勤娃再也沉默不住,从灶锅间跳起来,帮着父亲压住吴三的手:"三叔……"

第二天,吴庄一位五十多岁的乡村女人走进勤娃家的小院,脸上带着神秘的又是掩藏着的喜悦,对康田生说,吴三托她来给勤娃提亲事,要把他们的二姑娘许给勤娃。乡村女人为了证实这一点,特别强调吴三托她办事时说的原话:"吴三说,咱一不图高房大院,二不图车马田地,咱图得康家父子为人实在,不会亏待咱娃的……"

按照乡间古老而认真的订婚的方式,换帖、送礼等等繁文缛节,这门亲事终于由那位乡村女人做媒撮合成功了。康田生把装在亡妻木匣里那一堆铜元和麻钱,用红纸捆扎整齐,交给五十多岁的媒婆,心里踏实得再不能说了——太遂人愿了啊!

婚事刚定,壮丁派到勤娃头上。

"跑!"康田生说,"我打了一辈子土坯,给老蒋纳了一辈子壮丁款,现时又轮着你了!"

勤娃拧着眉,难受而又慌恐:"我跑了,你咋办?"

"你跑我也跑!"康田生说,"哪里混不下一口饭?只要扛上木模和石夯!"

勤娃逃走了。半年后,他回来了,对村里惶惶不安的庄稼人说,解放了!连日来听到南山方向的炮声,是追打国民党军队的解放军放的。他向人们证实说,他肩上扛回来的那袋洋面,是在河边的柳林里拾的,国军失败慌忙逃跑时撂下的……

三

日日夜夜在心里挂牵着的日子,正月初三,给勤娃婚娶的这一天,在紧迫的准备、焦急的期待中就要来到了。明天——正月初三,寂寞荒凉了整整十八年的康田生的小庄稼院里,就要有一个穿花衫衫、留长头发的女人了。他和他的儿子勤娃,无论从田野里劳动回来,抑或是到外村给人家打土坯归来,进门就有一碗热饭吃了。这个女人每天早晨起来,用长柄竹条扫帚扫院子,扫大门外的街道,院子永远再不会有一层厚厚的落叶和荒草野蒿了,狐狸和猫豹子再也不敢猖獗地光临了(有几次,康田生出外打土坯归来,在小院里发现过它们的爪迹和拉下的带着毛发的粪便,令人心寒哪!)肯定说,过不了几年,这个小院里会有一个留着毛盖儿或小辫的娃娃出现,这才算是个家哩!在这样温暖的家庭里,康田生死了,心里坦坦然然,啥事也不必担忧啰!

乡亲们好!不用请,都拥来帮忙了。在小院里栽桩搭席棚的,借桌椅板凳的,出出进进,快活地忙着。平素,他和勤娃在外的时间多,在屋的时间少,和乡亲乡党们来往接触少。人说家有梧桐招凤凰,家有光棍招棍光,此话不然。他父子一对光棍,却极少有人来串门。他爷儿俩一不会耍牌掷骰子,二不会喝酒游闲。谁到这儿来,连一口热水也难得喝上。可是,当勤娃要办喜事的时候,乡党们还是热心地赶来帮忙料理。解放了,人都变得和气了,热心了,世道变得更有人情味了。

今天是正月初二,丈人家的表兄表嫂吃罢早饭就来了。他们知道妹夫一个粗大男人,又没经过这样的大喜事,肯定忙乱得寻不着头绪,甚至连勤娃迎亲的穿戴也不懂得。勤娃自幼在他们屋里长大,他们和娘老子一般样儿。他们早早赶来为自己苦命早殁的妹妹的遗子料理婚事。

康田生倒觉得自己无事可干了。他哪里也插不上手,只是忙于应付别人的问询:斧头在哪儿放着?麻绳有没有?他自己此刻也不知斧头扔到什么鬼旮旯里去了。麻绳找出来的时光,是被老鼠咬成一堆的麻丝丝。问询的人笑笑,干脆什么也不问,需要用的家具,回自家屋里拿。

康田生闲得坐不住,心里也总是稳不住。老汉走出街门,没有走村子东边的大路,而是绕过村南坡梁,悄悄来到村东山坡间的一条腰带式的条田上。那块紧紧缠绕着山坡的条田里,长眠着他的亡妻,苦命人哪!

坟堆躺在上一台条田的塄根下,太阳晒不到,有一层表面变成黑色的积雪,马鞭草、苍耳、芨芨草、蒿子、枯干的枝叶仍然保护着坟堆。丛生的枳树枝条也已长得胳膊粗了,快二十年了呀!

康田生在条田边的麦苗上坐下来,面对亡妻的坟墓,嗫嚅了半天,说:"我给你说,咱勤娃明日要娶亲了……"

他想告诉亲爱的亡妻,他受了多少磨难,才把他们的勤娃养育大了。他给人家打下的土坯,能绕西安城墙垒一匝。他流下的汗水,能浇灌一分稻子地。他在兵荒马乱、疫疠蔓生的乡村,把一个两岁离母的勤娃抓养成小伙子,够多艰难!他算对得住她,现在该当放心了……

他想告诉她,没有她的日月,多么难过。他打土坯归来的路上,不觉得是独独儿一个人,她就在他身旁走着,一双忧郁温存的眼睛盯着他。夜里,他梦见她,大声惊喜地呼叫,临醒来,炕上还是他一个人……

四野悄悄静静,太阳的余晖还残留在塬坡和蓝天相接的天空,暮霭已经从南塬和北岭朝河川围聚。河川的土路上,来来往往着新年佳节时月走亲访友姗姗归来的男女。

康田生坐着,其实再没说出什么来。这个和世界上任何有文化教养的人一样,有着丰富的内心感情活动的庄稼汉子,常年四季出笨力打土坯,不善于使用舌头表达心里的感情了。

再想想,康田生有一句话非说不可:"你放心,现在世事好了,解放了……"

他想告诉她,康家村发生了许多亘古闻所未闻的吓人的事。村里来了穿灰制服的官人,而且不叫官人叫干部,叫同志,还有不结发髻散披着头发的女干部。财东康老九家的房产、田地、牲畜和粮食,分给康家庄的穷人了。用柳木棍打过他屁股的联保所那一伙子恶人,三个被五花大绑着押到台子上,收了监。他和勤娃打土坯挣钱,挣一个落一个,再不用缴给联保所了……

他叹息着:你要是活着,现时该多好啊!

康田生发觉鼻腔有异样的酸渍渍的感觉,不堪回想了,扬起头来。

扬起头来,康田生就瞅见了站在身旁的儿子勤娃,不知他来了多久了。

"我舅妈叫我来,给我妈……烧纸。"勤娃说,"我给我爷和我婆已经烧过了,现在来给我妈……"

唔!真是人到事中迷!晚辈人结婚的前一天后响,要给逝去的祖先烧纸告祷,既是告知先祖的在天之灵,又是祈求祖先神灵佑护。他居然忘记了让勤娃来给他的生母烧纸,而自个却悄悄到这里来了。

勤娃在墓堆前跪下了,点着了一对小小的漆蜡,插在坟堆前的虚土里;又点燃了五根紫红色的香,香烟袅袅,在野草和枳树的枯枝间缭绕;阴纸也点燃了,火光扑闪着。

勤娃做完这一切,静静地等待阴纸烧完。他并不显得明显的难受,像办普通的一件事一样,虽然认真,却不动情。康田生心里立即蹿起一股憎恶的情绪,想想又原谅自己的儿子了。他两岁离娘,根本记不得娘是什么模样,娘——就是舅母!

康田生看着闪闪的蜡烛,缭绕的香烟,阴纸蹿起的火光,心里涌动着,不管儿子动情不动情,他想大声告慰黄泉之下的亡灵:世道变了。康家的烟火不会断绝了。康田生真正活人的日子开始啰!祖先诸神,尽皆放宽心啊!

四

勤娃脸上泛着红光,处处显得拘束,因为乡村里对未婚男女间接触的严格限制,直到今天,结婚的双方连看对方一眼的机会也没有过,使人生这件本来就带着神秘色彩的喜事,愈加增添了神秘的色彩。平常寡言少语甚至显得逆愣的勤娃,农历正月初三日,似乎一下子变得随和了,连那双老是像恨着什么人的眼睛,也闪射出一缕缕羞涩而又柔和的光芒。

长辈人用手拍打他剃得干干净净的脑袋,表示亲昵的祝贺;同辈兄弟们放肆地跟他开玩笑,说出酸溜溜的粗鲁话,他都一概羞涩地笑笑,不还嘴也不介意。

舅母叫他换上礼帽,黑色细布长袍,他顺情地把借来的礼帽,戴在终年光着而只有冬季包一条帕子的头上,黑细布长袍不合身,下摆直扫到脚面。无论借来的这身衣着怎么不合身,勤娃毕竟变成一副新郎的装扮了。

按照乡村流行下来的古老的结婚礼仪,勤娃的婚事进行得十分顺利。

勤娃完全晕头昏脑了。他被舅家表哥牵着,跟着花轿和呜哇呜哇的吹鼓手,走进吴庄,到吴三家去迎亲。吴三还算本顺,没有惯常轿到家门口时的讲价还价。当勤娃再跟着伴陪的表兄起身走出吴三家门的时候,唢呐和喇叭声中忽闪忽闪行进的轿子,已经走到村口了。那轿子里,装着从今往后就要和他过日月的媳妇。

回到康家村,女人和娃娃把他和蒙着脸的新媳妇一同拥进小小的厦屋,他一把揭去媳妇脸上蒙着的红布,就被小伙子们挤到门外去了,没有看清楚,只看见一副红扑扑的圆脸膛,他的心当时忽地猛跳一下,自己已经眼花了。

媳妇娶到屋了,现时就坐在小厦房里,那里不时传出小伙子和女人们嘻嘻哈哈的笑闹。所有亲戚友人,坐过午席,提上提盒笼儿告别上路了。一切顺顺当当。只是在晚间闹新房耍新娘的时候,出了一点不快的风波。

勤娃和新娘被大伙拥在院子里,小伙子们围在他俩周围,女人们挤在外围,小院里被拥挤得水泄不通。新婚三天里不论大小,不管辈分,任何人有什么怪点子瞎招数儿,尽都可以提出来,要新娘新郎当众表演。这些不断翻新花样,几乎带有恶作剧的招数儿,不文明,甚至可以说野蛮,可是,乡村里自古流传不衰,家家如此,人人皆然。老人们知道,对于两个从来未见过面的男女,闹新房有一层不便道破的意思:启发挑逗两个陌生的男女之间的情欲。

勤娃还不是了知这层道理的年龄的人。人家要他给新娘子灌酒,他做了。人家要新娘子给他点烟,他接受了。人家叫他"糊顶棚",他迟疑了。

勤娃知道,所谓"糊顶棚",就是在舌尖上粘一块纸,再贴到媳妇的口腔上腭里。他看过别人家耍新娘时这么玩过,临到自己,他慌了。

有人打他的戴礼帽的头。谁把礼帽一把摘掉了,光头皮上不断挨打。哄哄闹闹的吼声,把小院吵得要抬起来了。有人把纸拿来了,有人扭他的胳膊了。他把纸粘在舌尖上,只挨到媳妇的嘴唇上……总算一回事了。

一个新花样又提出来:"掏雀儿"。要勤娃把一条手帕儿从新娘的右边袖口塞进去,从左边袖筒拉出来。他觉得,这比"糊顶棚"好办多了。他刚动手,新娘眼里闪出一缕怨恨他的眼光。勤娃愣愣地想,这有什么关系呢?于是就有人夹住新娘的两条胳膊……勤娃的两只手在新娘胸前交接手帕的时候,他触到了乳房,脸上轰的一热,同时看见新娘羞得流出眼泪了。勤娃难受了,他此刻才意识到自己太傻了。

"掏着雀儿没?"

"雀大雀小啊?"

勤娃低下头,羞愧得抬不起头来,哄闹声似乎很遥远,他听不见了。

他猛地抬起头,掼下手帕儿,挤出人堆去了……

忽地一下,人们哗的一声走散了,拥挤着朝门外走了,小伙子们骂着,打着唿哨,院子里只留下新娘,呆呆地站在那里。

"啊呀,勤娃!你真傻!"舅母怨他,"闹新房耍媳妇,都是这样!你怎的就给众人个搅不起!"

"这娃娃!愣得很!"父亲也惶惶不安,"咱小家小户,怎敢得罪这么多乡党?人家来闹房,全是耍哩嘛!你就当真起来?"

"去!快去!把乡党叫回来,赔情!"舅母说,"把酒提上去请!"

"算哩。"舅舅说,"夸不过三日,笑不过三日。只要往后待乡党好,没啥!明日,勤娃把酒提上,走一走,串串门,赔个情完事……"

……

勤娃进了自己的新房。父亲已经在小灶房里的火炕上安息了。舅舅和舅母也安睡了。小院的街门和后门早已关严,喧闹了一天的小院此刻显得异常静寂。

媳妇坐在炕沿上,低眉颔首,脸颊上红扑扑的,散乱的两绺鬓发垂吊在耳边,新挽起的发髻上,插着一支绿色的发针,做姑娘时被头发覆盖着的脖颈白皙而细腻。勤娃早已把闹房引起的不快情绪驱逐干净了。他不像舅母和父亲那样担心失掉乡党情谊,他要保护他的媳妇不受难堪,乡党情谊能比媳妇还要紧吗?屁!

他坐在椅子上,说什么呢?他找不到一个可以和她搭讪的话茬儿,而心里却想和她说说话儿。久久,他问:"你……冷不?"

她头没抬,只摇一摇。

"饿不饿?"

她仍然摇摇头。

他又没词儿了。他想过去和她坐在一块,搂住她的肩膀,却没有勇气。

"你怎么……刚才就躁了呢?"

她仍然没有抬头。

"我……我看他们,太不像话!"他说,"怕你难受。"

"你……傻!"她抬起头来,爱抚地挖了他一眼,"你该当和他们……磨。你傻!"

他似乎一下子醒悟了。他在村里也看过别人家闹新房的场景,好多都是软磨硬拖,并不按别人出的瞎点子做的,滑过去了。他没有招架众人哄闹的能力……直杠人啊!"你傻!"新娘这样说他,他心里却觉得怪舒服的。男人跟女人怎样好呀?他猛地把媳妇搂到怀里。

"啊哟!"媳妇低低地一声叫,压抑着痛苦。

他放开手,媳妇的左臂吊着,一动不动。他把她的胳臂握断了吗?天啊,她是泥捏的呢,还是他打土坯练出了超凡出众的臂力?他吓坏了。

"一拉一送。"媳妇把胳膊递给他,"我这胳膊有毛病,不要紧的,安上就好。拉啊——"

胳膊又安上了。他站在一边,不敢动了。

她却在他眉心戳了一指头:"你……傻瓜……"

五

农历正月里的太阳,似乎比以往千百年来所有正月里的热量都要充足,照耀着秦岭山下南塬坡根的小小的康家村的每一座院落,勤娃家的小院——康家村里最阴冷荒凉的死角,如今也和康家村大大小小的庄稼院一样,沐浴在和煦温暖的早春的阳光下了。

新婚之夜过去了,微明中,勤娃没有贪恋温适的被窝,爬起来,动手去打扫茅厕和猪圈了。笼罩在两性间的所有神秘色彩化为泡影,消逝了。昨天结婚的冗繁的仪式中,自己的拘束和迷乱,现在想起来,甚至觉得好笑了。他把茅厕铲除干净,垫上干土,又跳进猪圈,把嗷嗷叫着的黑克郎赶到一边,把粪便挖起,堆到圈角,然后再盖上干黄土,这样使粪便窝制成上等肥料,不致让粪便的气息漫散到小院里去。

做着这一切,他的心里踏实极了。站在前院里,他顿时意识到:过去,父亲主宰着这间小院,而今天呢?他是这座庄稼院的当然支柱了。不能事事让父亲操持,而应该让父亲吃一碗省心饭啰!

他的媳妇,舅母给起下一个新的名字叫玉贤,夫勤妻贤,组成一个和睦美满的农家。他要把屋外屋内一切繁重的劳动挑起来,让玉贤做缝补浆洗和锅碗瓢勺间的家事。他要把这个小院的日子过好,让他的玉贤活得舒心,让他的老父亲安度晚年,为老人和为妻子,他不怕出力吃苦,庄稼人凭啥过日月?一个字:勤!

他扛着铁锨,站在猪圈旁边,欣赏着那头体壮毛光的黑克郎,心里正在盘算,今日去丈人家回门,明天就该给小麦追施土粪了,把积攒下的粪土送到地里,该当解冻了,也是他扛上石夯打土坯的最好的时月了。

他回到院里,玉贤正在捉着稻黍笤帚扫院子,花袄,绿裤,头顶一块印花蓝帕子。他的心里好舒服啊,呆呆地看着这个已经并不陌生的女人扫地的优美动作。怪得很啊!她一进这小院,小院变得如此地温暖和生机勃勃。

"勤娃!"

听见父亲叫他,勤娃走进父亲住的屋子,舅舅和舅母都坐在对面,他问候过后,就等待他们有什么指教的话。

"勤娃。"父亲掂着烟袋,说,"你给人家娃说,早晨……甭来给我……倒尿盆……"

勤娃笑了。

"这是应该的。"舅母说,"你爸……"

"咱不讲究。咱穷家小院,讲究啥哩!"父亲说,"我自个倒了,倒畅快。我又不是瘫子……"

勤娃仍然笑笑,能说什么呢,爸是太好了。

太阳冒红了,他和玉贤相跟着,提着礼物,到丈人吴三家去回门。

走出康家村,田野里的麦苗渐渐变了色,温暖的阳光照耀着坡岭、河川,阴坡里成片成片的积雪只留下点点残迹,柳条上的叶苞日渐肥大了。

"玉贤——"

"哎——"

"给你……说句话……"

"你说呀!"

"咱爸说……"

"说啥呀?"她有点急,老公公对她到来的第一天有什么不好的印象吗?

"咱爸说……"

"说啥呀? 你好难场!"

"咱爸说,你往后……甭给他……倒尿盆!"

"噢呀!"玉贤释然嘘出一口气,笑了,"怎哩?"

"不怎。"勤娃说,"他说他自个倒。"

"俺娘给俺叮嘱再三,要侍奉老人,早晨倒盆子,三顿饭端到老人手上,要双手递。要扫院扫屋,要……"玉贤说,"俺妈家法可严哩!"

"俺爸受苦一辈子,没受过人服侍。"勤娃说,"他倒不习惯别人服侍他。"

"咱爸好。"玉贤说。

两人朝前走着,可以看见吴庄村里高大的树木的光秃秃的枝梢了。

六

平静的和谐的生活开始了。院子里的榆树枝上,绣织着一串串翡翠般的榆钱,一只花喜鹊在枝间叫着。玉贤坐在东院根西斜的阳光里,纳着鞋底。后门关着,前门闭着,公公和丈夫,一人一把石夯,天不明就到什么村里打土坯去了,晚上才回来。她一个人在小院里,静得只能听见麻绳拉过布鞋底的咝咝声。有点寂寞,她想和人说说闲话;不好,过门没几天的新媳妇,走东家串西家,那是会引起非议的。她就坐着,纳着,翻来覆去想着到这个新的家庭里的变化。感觉顶明显的,是阿公比亲生父亲的脾气好。父亲吴三,一见她有不顺眼的地方,就骂。阿公可是随和极了。他从来不要求儿媳妇对自己照顾和服侍,打土坯晚上回来,锅里端出什么就吃什么。平时在家,她请示阿公该做啥饭?宽面还是细面?干的还是汤的?阿公总是笑笑,说:"甭问了,你们爱吃啥做啥。"她在这个庄稼院里,似乎比在亲生娘老子跟前更畅快些。人说新媳妇难熬,给勤娃做媳妇,畅快哩!

勤娃也好。勤快,实诚,俭省,真正地道的好庄稼人。她相信在结婚前,母亲给她打听来的关于勤娃的人品,没有哄她。他早晨出门去,晚间回来,有时到十几里以外的村里去打土坯,仍然要赶回来。他在她的耳边说悄悄话:"要是屋里没有你,我才不想跑这冤枉路哩!"

昨天晚上发生的事,很不寻常。

勤娃打土坯回来,照例,把当日挣的钱交给老人。老人接住钱,放在桌上,叫勤娃把媳妇唤来。玉贤跟着勤娃来到阿公的住屋。

阿公坐在炕上,看一眼勤娃又看一眼玉贤,磕掉烟灰,说:"从今往后,勤娃挣下钱,甭给我交了,交给贤娃。"

老人不习惯叫玉贤,叫贤娃,倒像是叫自己的女儿一样的口吻。玉贤心里忽然感动了,连忙说:"爸,那不行!你老是一家之主……"

"一家人不说生分话。"老人诚恳地解释,"我五十多岁了,啥也不图,只图得和和气气,吃一碗热饭。这日月,是你们的日月,好了坏了,穷了富了,都是你们的。日子怎么过,家事怎样安排,你们要思量哩!勤娃前日说,想盖三间瓦房,好,就该有这个派势!三间房难也不难。爸一辈子打土坯挣下的钱,盖十间瓦房也用不完,临到而今还是这两间烂厦房。怎哩?挣得多,国军收税要款要得多。现时好了,咱爷儿俩闲时打土坯,不过三年,撑起三间瓦房!"

"爸,还是把钱搁到你跟前……"勤娃说。

"你俩都是明白娃嘛!爸要钱做啥?还不是给你攒着,干脆放你们箱子里,省得我操心。"老人把亡妻留下的那只梳妆匣儿,一家人的金库,一下子塞到勤娃怀里,作为权力的象征,毫不迟疑地移交给儿子了,"小子,日月过不好,甭怪你爸噢!"

勤娃流泪了,说:"爸,你迟早要用钱,你说话,上会,赶集……"

"嗨!不知道吗?"老人爽快地笑着,"爸一辈子只会打土坯,挣汗水钱,不会花钱。"

现在,那只装着爷儿俩打土坯挣来的钱的梳妆匣儿,锁在箱子里的角落里。玉贤觉得,这个家,真是自己的家了。她在娘家时,村里的媳妇们,要用一块钱,先得给女婿说,再得给阿公阿婆说,一家人常常为花钱闹仗。她刚过门俩月,老公一下子把财权交给她手上了,是老人过于老好呢? 还是……

她看看太阳已经上了东墙墙头,小院里有点冷了,也该当去做晚饭了,勤娃和阿公晚间来,都想喝一碗玉米糁糁暖胃肠的。

街门吱的一响,妇女主任金嫂探进头来。

"玉贤,政府号召妇女认字学习哩。乡上派先生来扫除文盲,办冬学,你上不上?"

玉贤早就听人说要办冬学扫除文盲的传言,今天证实了。她觉得新鲜,人要是能认识字,该多有意思哟。心里虽然这样想,嘴里却说:"这事……我得问一下俺爸。"

"你爸不挡将,勤娃也不挡。"金嫂说话办事都是干脆利落,"人民政府的号召,哪个封建脑瓜敢拉后腿?"

"挡不挡也得给老人说一下。"玉贤矜持而又自谦地说,"咱不能把老人不当人敬。"

"好媳妇,真个好媳妇。"金嫂笑说,"我先给你报上名,谁要是拉后腿,你寻我!"

金嫂像旋风一样卷出门去了。

"好事嘛！认字念书,好事咯！"康田生老汉吃着儿媳双手递上前来的玉米糁糁,对站在桌边提出识字要求的玉贤说,"我不识字,勤娃小时也没念成书,有一个人会认字了,谁哄咱也哄不过了。"

阿公虽然不识字,并不像村里特别顽固的那些老汉们封建。玉贤并不立刻表现出迫不及待的样子,故意装出对上冬学的冷漠,免得老人说她不安分在小庄稼院过生活了,心野了:"要上让他去上。我一个女人家,认不认得字,没关系……"

"啥话！新社会,把妇女往高看哩！"老公公大声说,"我和勤娃忙得不沾家,想学也学不成。"

她达到目的了,服侍阿公吃饭,给勤娃把饭温在锅里。勤娃得到天黑才能回来。春三月,正是翻了身的庄稼人修屋盖房的季节,打土坯的活儿稠,勤娃把远处村庄里的活儿干了,临近村庄的活儿,让老阿公去干。真的学会了读书识字,那该多有意思啊……

康田生喝着热乎乎的玉米糁糁,伴就着酸凉可口的酸黄菜,心里很满意。对新媳妇过门两三个月的实地观察,他庆幸给儿子娶下了一个好媳妇,知礼识体,勤勤快快,正是本分的庄稼人过日月所难得的内掌柜的。日常的细微观察中,他看出,媳妇比儿子更灵醒些。这样一个心性灵聪的女人,对于他的直性子勤娃,真是太好了。他心甘情愿地把财权过早地交给下辈人,那不言自明的含义是:你们的家当,你们的日月,你们鼓起劲来干吧!他爽快地同意儿媳去上冬学,也是出于这样的考虑,让聪明的玉贤学些文化,日后谁也甭想捣哄勤娃了。保证在他过世以后,勤娃有一个精明的管家。俗话说,男人是扒扒,管挣;女人是匣匣,管攒;不怕扒扒没刺儿,单怕匣匣没底儿。庄稼人过日月,不容易哩!

七

在一个陌生的村庄外边的土壕里,勤娃丢剥了棉衣,连长袖衫也脱掉了,在阳春三月的阳光下,提着二三十斤重的青石夯,一下重砸,又一下轻间,青石夯捶击潮湿的土坯的有节奏的响声,在黄土崖上发出回响。打土坯,这是乡村里最沉重的劳动项目之一。对于二十出头的康勤娃,那石夯在他手中,简直是一件轻巧自如的玩具。他打起土坯来,动作轻巧,节奏明快;打出的土坯,四棱饱满,平整而又结实。在他打土坯的土壕塄坎上,常常围蹲着一些春闲无事的农民,说着闲话,欣赏他打土坯的优美的动作。

勤娃整天笑眯眯,对打土坯的主人笑眯眯,对围观的庄稼人笑眯眯；不管主人管待他的饭食是好是糟，他一概笑眯眯。活儿干得出奇的好，生活上不讲究，人又和气好说话。他的活儿特别稠，常常是给这家还没打够数，那一家就来相约了。

他心里舒畅。在喝水歇息的时候，他常常奇怪地想，人有了媳妇，和没有媳妇的时光大不一样了。身上格外有劲，心里格外有劲，说话处事，似乎都觉得不该莽撞冒失了，该当和人和和气气。人生的许多道理，要亲身经历之后，才能自然地醒悟；没有亲身经历的时光，别人再说，总觉得蒙着一层纸。

打完土坯，他吃罢晚饭，抹一把嘴，起身告辞。

"明天还要打哩，隔七八里路，你甭跑冤枉路了。"主人诚心相劝，实意挽留，"咱家有住处。你苦累一天，早早歇下。"

"不咧！"他笑着谢绝，"七八里路，脚腿一伸就到了。你放心，明日不误时。"

他走了，心想：我睡在你家的冷炕上，有我屋的暖和被窝舒服吗？

他在河川土路上走着，夜色是迷人的，坡岭上的杏花，在朦朦月光里像一片白雪，夜风送来幽微的香味。人活着多么有意思！

"你吃饭。"玉贤招呼说。

"吃过了。"他说。

"今日怎么回来这样迟?"玉贤问。

他笑而不答,从贴身的衬衣口袋里掏出一摞纸币来,交到玉贤手上。

玉贤数一数,惊奇地问:"这么多?"

"我两天打了三摞。"他自豪地笑着,"这下你明白我回来迟的原因了吧!"

"甭这么卖命!甭!"她爱怜地说,一般人一天打一摞(五百块),已经够累了,他却居然两天打了三摞,"当心挣下病!"

"没事。我跟耍一样。"他轻松地说。她愈心疼他,体贴他,他愈觉得劲头足了,"春天一过,没活儿了。再说,我是想早点撑起三间瓦房来。"

春季夜短,两口睡下了。

他忽然听到里屋传来父亲的咳嗽声,磕烟锅的声音。回来晚了,父亲已经躺下,他没有进里屋去。他问:"你给咱爸烧炕了没?"

"天热了,爸不让烧了。"她说,"你怎么天天问?"

"我怕你忘了。"

"怎么能忘呢。"

"老人受了一辈子苦。"他说,"咱家没有屋里大人,你要多操心爸。"

"还用你再叮嘱吗?"玉贤说,"我想用钱给老人扯一件洋布衫子,六月天出门走亲戚,不能老穿着黑粗布……"

"该。你扯布去。"他心里十分感动。

静静的春夜,温暖的农家小院,和美的新婚夫妻。

"给你说件事。"玉贤说,"金嫂叫我上冬学哩。我不想去,女人家认那些字做啥!村长统计男人哩,叫你也上冬学,说是赶收麦大忙以前,要扫除青年文盲哩!"

"我能顾得坐在那儿认字吗? 哈呀! 好消闲呀!"他嘲笑地说,"要是一家非去一个人不可,你去吧。认俩字也好,认不下也没啥,权当应付差事哩!"

八

吴玉贤锁上围墙上的木栅栏门,走在康家村的街道里了。结婚进了勤娃家的小院,她很少到村子中间的稠人广众中走动过。地里的活儿,父子俩不够收拾,用不上她插手。缸里的水不等完,勤娃又担满了。她恪守着母亲在她出嫁前的嘱咐:甭串门,少说是非话,女人家到一个村子,名声倒了,一辈子也挽不回来。在娘家长人哩,在婆家活人哩!

她到康家村两三个月来,渐渐已经获得了乖媳妇的评价。她走在仍然有些陌生的街道里,似乎觉得每一座新的或旧的门楼里,都有窥视自己的眼光。做媳妇难。她缓缓地大大方方地走过去,总不可避免拘谨;总算走到村庄中心的祠堂门前了,这是冬学的校址。门口三人一堆,五个一伙,围着姑娘和媳妇们,全是女人的世界。

她走进祠堂的黑漆剥落的大门了,勤娃给她介绍康家村人事状况的时候说,这是财东康老九家的祠堂,历来是财东迎接联保官人的地方。康家村的穷庄稼人路过门口,连正眼瞧一眼的勇气也没有。一旦被传喝进这里,就该倒霉了。这是一个神秘而阴森的所在,那些她至今记不住名字的康家村的老庄稼人,好多缴不起税款和丁捐,整夜整夜被反吊在院中那棵大槐树上……现在,男人和女人在这儿上冬学了,男人集中在晚上,女人集中在后响。

祠堂里摆着几张方桌和条桌,这是临时从这家那家借来的。玉贤在最后边一张条桌前坐下了,听着妇女们叽叽喳喳说笑,她笑笑,并不插嘴。

金嫂和村长领着一位先生进来了。她从坐在前边的两位女人的肩头看过去,看见一位年轻小伙儿白净的脸膛,略略一惊,印象里乡村私塾里的先生,都是穿长袍戴礼帽的老头子,这却是个二十左右的年轻娃娃,新社会的先生是这样年轻!只听村长介绍说先生姓杨,并且叫妇女们以后一律称呼杨老师。

村长说他有事,告辞了。金嫂也在一张方桌边坐下来,杨老师讲课了。

玉贤坐在后面,她有一种难以克服的羞怯心理,不敢像左右那些女人们扬着头,白眨白眨着眼睛仔细观看新来的老师的穿着举动,窃窃议论他的长相。她一眼就看见,这是一张很惹人喜欢的小白脸,五官端正,眼睛喜气,头上留着文明头发,有一绺老是扑到眼睛上头来,他一说话,就往后甩一甩,惹得少见多怪的乡村女人们哧哧地笑。玉贤只记得爷爷后脑勺上有一排齐刷刷的头发,父亲这一辈男人,一律是剃光头。文明人蓄留一头黑发,比剃得光光亮亮的头是好看多了。

老师讲话了,和和气气,嘴角和眼梢总带着微笑,讲着新社会妇女翻身平等的道理,没有文化是万万不行的,讲着就点起名字来了。

他在点名册上低头看一眼,扬头叫出一个名字,那被叫着的女人往往痴愣愣地坐着不应,经别人在她腰里捅一拳,她才不好意思地忸怩着站起——她们压根没听人叫过自己的名字,倒是听惯了

"牛儿妈"、"六婶"、"八嫂"的称呼,自己也记不得自己的名字了——引起一阵哄笑。

在等待中,听到了一个陌生的而又柔声细气的男子的呼叫"吴玉贤"的声音,她的心忽地一跳,低着头站起来,旋即又坐下。

点过名之后,杨老师在黑板上写下"妇女解放,男女平等"八个字,转过身来领读的时候,那一双和气的眼睛越过祠堂里前排的女人的头顶,端直瞅到玉贤的脸上,对视的一瞬,她忽地一下心跳,迅即避开了。她承受不了那双眼光里令人说不出的感觉……教的什么字啊,她连一个也记不住!

……

不过十天,杨老师和康家村冬学妇女班上的女人们,已经熟悉得像一个村子的人一样。除了教字认字,常常在课前课后坐在一起拉家常,说笑话,几个年龄稍大点的婶子,居然问起人家有媳妇没有,想给他拉亲做媒了。

杨老师笑笑,说他没有爱人,但拒绝任何人为他提媒。他大声给妇女们教歌,"妇女翻身"啦,"志愿军战歌"啦。课前讲一些远离康家村甚至外国的故事,苏联妇女怎样和男人一样上大学,在政府里当官,集体农庄搭伙儿做庄稼,简直跟天上的神话一样。

玉贤仍然远远地坐在后排的那张条桌旁,她不挤到杨老师当面去,顶多站在外围,默默地听着老师回答女人问长问短的话,笑也尽量不笑出声音来。她知道,除了自己年纪轻,又是个新媳妇这些原因以外,还有什么迷迷离离的一种感觉,都限制着她不能和其他女人一样畅快地和杨老师说话。

杨老师教认字完毕,就让妇女们自己在本本上练习写字,他在摆着课桌间的走道里转,给忘了某个字的读音的人个别教读,给把汉字笔画写错了的人纠正错处。玉贤怎么也不能把"翻身"的"翻"字写到一起,想问问杨老师,却没有开口的勇气。一次又一次,杨老师从她身边走过去了。

"这个字写错了。"

杨老师的声音在她旁边响起,随之俯下身来,抓住她捉着笔的手,把"翻"字重写了一遍。她的手被一双白皙而柔软的手紧紧攥着,机械地被动地移动着,那下颚擦着她耳朵旁边的鬓发,可以嗅着陌生男人的鼻息。

"看见了吗? 这一笔不能连在一起!"

杨老师走开了,随之就在一个长得最丑的婆娘跟前弯下身,用同样的口气说:"你把这字的一边写丢了,是卖给谁了吗?"

婆娘女子们哄笑起来,玉贤在这种笑声中,仿佛自己也从紧张的窘境里解脱了。

……

年轻的杨老师的可爱形象,闯进十八岁的新媳妇吴玉贤的心里来了……

她坐在小院里的槐树下,怀里抱着夹板纳鞋底,两只唧唧鸟儿在树枝间追逐,嬉戏。杨老师似乎就站在她的面前,嘤嘤地多情地笑着。他在黑板上写字的潇洒的姿势,说话那样入耳中听,中国和外国的事情知道得那么多,歌儿唱得好听极了,穿戴干净,态度和蔼,乡村里哪能见到这样高雅的年轻人呢!

相比之下,她的男人勤娃……哎,简直就显得暗淡无光了。结婚的时候,她虽然没有反感,也决没有令人惊心动魄。他勤劳,诚实,俭省;可他也显得笨拙,粗鲁,生硬;女人爱听的几句体贴话,他也不会说……哎,真如俗话说的,人比人,难活人哪!

新社会提倡婚姻自由,坚决反对买卖包办,这是杨老师在冬学祠堂里讲的话。她长了十八岁,现在才听到这样新鲜的话,先是吃惊,随之就有一种懊悔心情。嫁人出门,那自古都是父母给女儿办的。临到她知道婚姻自主的好政策的时候,已经是康勤娃的媳妇了。要是由自己去选择女婿的话,该多好哇……那她肯定要选择一个比勤娃更灵醒的人。可惜!可惜她已经结婚了,没有这样自由选择的可能了……

杨老师为啥要用那样的眼神看她呢？握着她的手帮她写"翻"字的印象是难忘的,似乎手背上至今仍然有余温。唔！昨日后晌,杨老师教完课,要回桑树镇中心小学去,路过她家门口,探头朝里一望,她正在院子的柴火堆前扯麦秸,准备给公公做晚饭。杨老师一笑,在门口站住。她想礼让杨老师到屋里坐,却没有说出口。公公和勤娃不在家,把这样年轻的一个生人叫到屋里,会让左邻右舍的人说什么呢？她看见杨老师站住,断定是有事,就走到门口,招呼一声说:"杨老师,你回去呀？""回呀。"杨老师畅快地应诺一声,在他的手提紧口布兜里翻着,一把拉出一个硬皮本子来,随之瞧瞧左右,就塞到她的怀里,说:"给你用吧！"她一惊,刚想推辞,杨老师已经转身走了。那行动举止,就像他替别人给她捎来一件什么东西,即令旁人看见,也无可置疑。她不敢追上去退还,那样的话,结果可能更糟。她当即转过身,抱起柴火进屋去了。应该把本本还给人家,这样不明不白的东西,她怎么能拿到上冬学的祠堂里去写字呢？

他对她有意思,玉贤判断。康家村那么多女人去上冬学,他为啥独独送给她一个本本呢？他看她的眼神跟看别的妇女的眼神不一样。他帮她写字之后,立即又抓住那个长得最丑的媳妇的手写字,不过是做做样子,打个掩护罢了。

已经有了几个月婚后生活的十八岁的新媳妇吴玉贤,尽管刚刚开始会认会写自己的名字,可是分析杨老师的行为和心理,却是细致而又严密的。她又反问自己,人家杨老师那样高雅的人,怎么会对她一个粗笨的乡村女人有意思呢?况且,自己已经结过婚了……蠢想!纯粹是胡猜乱想。

肯定和否定都是困难的。她隐隐感到这种紊乱思想下所潜伏的危险性,就警告自己:不要胡乱猜想,自己已经是康家小院里的人了,怎么能想另一个男人呢?婚姻自由,杨老师嘴巴上讲得有劲,可在乡村里实行起来,不容易……

事情的发展,很快把农家小媳妇吴玉贤推向一个可怕而又欣喜的地步——

轮着玉贤家给杨老师管饭了。她的丈夫勤娃给二十里远的关家村应承下二十摞土坯,说他不能天天往回赶,路太远了。公公在邻近的村庄里打土坯,晚上才能回来。他早晨出门时,叮嘱说:"把饭做好。人家公家同志,几年才能在咱屋吃一回饭,甭吝啬!"她尽家里有的,烙了发面锅饼,擀下了细长的面条。辣子用熟油浇了,葱花也用铁勺炒了,和盐面、酱醋一起摆在院中的小桌上。

杨老师走进来,笑笑,坐在院中的小桌旁边,环顾一眼简陋而又整洁的小院,问她屋里都有什么人,怎么一个也不见。她如实回答了公公和丈夫的去处,发觉杨老师顿时变得坦然了,眼里闪射出活泼的光彩,盯着她笑说:"那你就是掌柜的了。"她似乎接受不了那样明显地挑逗的眼光,低头走进灶房里,捞起勺子舀饭。这时候,她的心在夹袄下怦怦跳,无法平静下来。

她端着饭碗走到小院里,双手递到杨老师面前。杨老师急忙站起,双手接碗的时候,连同她的手指一起捏住了。她的脸一阵发热。抽回手来,惊觉地盯一眼虚掩着的木栅门,好在门口没有什么人走动。杨老师不在意地笑笑,似乎是无意间的过失;坐在小凳上,用筷子挑起细长的面条,大声夸奖她擀面的手艺真是太高了,他平生第一次吃到这样又薄又韧的细面。

"杨老师,你自个吃。俺到外屋,没人陪你。"玉贤说着,就转过身走去了。

"你把饭也端来,咱们一块吃。"杨老师说,"男女平等嘛!怕啥?"

"不……"玉贤停住脚,他居然说"咱们"……

"哈呀!咱们成天讲妇女要解放,还是把你从灶房里解放不出来。"杨老师感慨地说,"落后势力太严重了……"

她已经走进自己的小厦屋,从箱子的包袱里取出那天傍晚杨老师塞给她的硬皮本本,现在是归还它的最好时机了。她接受这样一件物品意味着什么呢?她走到杨老师跟前,把那光滑的硬皮本放到杨老师面前的小桌上,说:"俺用不上……"

"唔……"杨老师一愣,扬起头看她,眼里现出一缕尴尬的神色,脸也红了,愧了,解释说,"我看你的作业本用完了……就买了这;你不……喜欢的话……"

"俺用不上。"玉贤看见杨老师尴尬的样子,意识到自己的行为太唐突了。她不想回答自己究竟喜欢不喜欢这只硬皮本本,只是把交还它的动机说成是用不上,"你们文化人……才当用。"

"哈呀!好咧好咧!"杨老师听罢,已经完全体察到一个自尊的农家女人的心理,脸上和眼里恢复了活泼的神态,"没有关系……"

玉贤走进小灶房,坐在木墩上,等待着杨老师吃完饭,她再去舀。在娘家的时候,屋里来了客人,总是由父亲和哥哥陪着吃饭,她和母亲待在灶房里,这是习惯,家家都是这样。

她坐着,心里忐忑不安,浑身感到压抑和紧张,当她愈来愈明晰地觉察出杨老师一系列举动的真实含意时,她倒有些怕了,警告自己:拿稳!可是,心里却慌得很,总是稳不住……

这当儿,小灶房里一暗。玉贤一抬头,杨老师走进小灶房窄小的门道,手里端着吃光喝净了面条的空碗,自己舀饭来了。

"咦呀！让客人自己舀饭,失礼了。"玉贤慌忙从灶锅下的木墩上站起,伸手接碗,"你去坐下,我给你送来。"

"新社会,不兴剥削人嘛!"杨老师抓着碗不放,盯着她的眼睛笑着,"自己动手,吃饱喝足。"

"使不得……让我舀……"

"行啦行啦……自己舀……"

两只手在争夺一只碗,拉来扯去。

玉贤的腰部被一只胳膊搂住了,"不……"声音太柔弱了,没有任何震慑力量,忽地一下涌到脸上来的热血,憋得她眼花了,想喊,却没有力气,也没有勇气,嘴唇很快也被紧紧地挤压得张不开了……她的一双戴着石镯的手,不由自主地勾到陌生男子的肩膀上……

九

又是一钩弯镰似的月牙。田野迷迷蒙蒙,灰白的土路,隐没在齐膝高的麦田里。远处秦岭的群峰现出黑魆魆的雄伟的轮廓。早来的布谷鸟的动情的叫声,在静寂的田地和村庄的上空倏然消失了。岭坡的沟畔上,偶尔传来两声难听的狐狸的叫声。

勤娃甩着手,在春夜温馨空气的包围中跨着步子。他谢绝了打土坯的主人诚心实意的挽留,吃罢夜饭,撂下饭碗,往家赶路了。他有说不出口的一句话,因为路远,三四天没有回家,他想见玉贤了。二十里平路,在小伙子脚下,算得什么艰难呢!屋里有新媳妇的热炕,主人家给他临时搭排的窝铺,那显得太冷清了。他走着,充满信心地划算着,自开春以来,已经打过近百摞土坯了,父亲交给玉贤掌管的那只小梳妆匣儿里,有一厚扎人民币了。这样干下去,只要一家三口人不生疮害病,三年时光,勤娃保准撑起三间大瓦屋来。那时光,父亲就绝对应该放下石夯,只管管家里和田里的轻活儿了,或者,替他们管管孩子……新社会不纳捐,不缴壮丁款,挣下钱,打下粮食全归自己,只要不怕吃苦,庄稼人的日月红火得快哩!

勤娃走进康家村熟悉的村巷,月牙儿沉落到山岭的背后去了,村庄笼罩在黑夜的幕帐之中了。惊动了谁家的狗,干吠了几声。

他站在自家小木栅栏门外,一把黑铁锁上凝结着湿溜溜的露水,钥匙在父亲的口袋里。他老人家大约刚刚睡下,要是起来开门,受了夜气感冒了,糟咧。不必惊动老人……勤娃一纵身,从矮矮的土围墙上,跳进自己的小院里了。

他轻轻地拍击着小厦屋门板上的铁闩儿。深更半夜叫门,不能重叩猛砸,当心吓惊了女人,勤娃心细着哩!

"来咧……"女人玉贤在窸窸窣窣穿衣服,好久,才开了门。

"怎么不点灯?"勤娃走进屋,随口说。

"省点……煤油……"玉贤颤颤地说。

"嗨呀!"勤娃笑了,"黑咕隆咚,省啥油嘛!"随之啪的一声划着了火柴。

屋里亮了。勤娃坐在炕边,嘘出一口气,他觉得累了。

"你还吃饭不?"玉贤坐在炕上,问。

"吃过了。"勤娃说,盯着玉贤的煞白的脸,惊得睁大眼睛,"你……病咧?"

"没……"玉贤低下头,"有些不舒服……"

他伸手摸摸她的额头,说:"不见得烧……"

"不怎……"

他略为放心。脱鞋上炕的当儿,他一低头,脚地上有一双皮鞋。他一把抓起,问:"这是谁的?"

玉贤躲避着他的眼睛,还未来得及回答,装衣服的红漆板柜的盖儿哗的一声自动掀起,冒出一个蓄留着文明头发的脑袋。

"啊……"

勤娃倒抽一口气,迅即明白了这间厦屋里发生过什么事情了。

他一步冲到板柜跟前,揪住浓密的头发,把冬学教员从柜子里拉出来。啪——一记耳光,啪——又一记耳光,鼻血顿时把那张小白脸涂抹成猪肝了;咚——当胸一拳,咚——当胸再一拳,冬学教员软软地躺倒在脚地,连呻吟的声息都没有;勤娃又抬起脚来。

冬学教员挣扎着爬起来,扑通一声,双膝跪倒在勤娃脚下了。

勤娃已经失去控制,抬起脚,把刚刚跪倒的杨先生踢翻了。他转身从门后捞起一把劈柴的斧头,牙缝里迸出几个字来:"老子今黑放你的血!"

猛然,勤娃的后腰连同双臂,死死地被人从后边抱住了,他一回头,是父亲。

老土坯客听到厦房里不寻常的响动,惊惊吓吓地跑来了,不用问,老汉就看出发生了什么事了。他抱住儿子提着斧头的胳膊,一句话也不说,狠劲掰开勤娃的手指,把斧头抽出来,咣当一声扔到院子的角落里去了。他累得喘着气,把癫狂状态的儿子连拽带拖,拉出了厦屋,推进自己住的小灶屋。

"你狗日杀了人,要犯法!"

"我豁上了!"

"你嚷嚷得隔壁两岸知道了,你有脸活在世上,我没脸活了!"

老汉抓着儿子胸前敞开的衣襟,"你只图当时出气,日后咋收场哩!"

这是一声很结实也很厉害的警告。勤娃从本能的疯狂报复的情绪中恢复理智,愣愣地站住,不再往门外扑跳了。

"把狗日收拾一顿,放走!"老土坯匠说,"再甭高喉咙大嗓子吼叫!"

"我跟那婊子不得毕!"勤娃记起另一个来。

"那是后话!"

父子二人走到厦屋的时候,冬学教员已经不见踪影,玉贤也不见了。临街的木栅门敞开着,两人私奔了吗?勤娃窝火地嗯了一声,怨愤地瞅着父亲。他没有出足气,一下子跌坐在炕边上。

老汉转身走到前院,一眼瞅见,槐树上吊着一个人。他惊呼一声,一把把那软软的身子托起,揪断草绳,抱回厦屋,放到炕上。忽闪忽闪的煤油灯光下,照出玉贤一张被草绳勒聚得紫黑的脸,嘴角涌出一串串白色的泡沫,不省人事了。

勤娃看见,立时煞白了脸,唉的一声怨叹,跌倒在厦屋脚地,也昏死过去了。

"我的天哪……"康田生看着炕上和脚地的媳妇和儿子,不知该当咋办了,绝望地扑到儿子身上,泪水纵横了。

十

勤娃躺在炕上,瞪着眼珠,一声连一声出着粗气。父亲已经给打土坯的主人捎过话去,说儿子病了,让人家另寻人打土坯。

他没有病,只是烦躁,心胸里源源不断积聚起恶气,一声吁叹,放出来,又很快地积聚起来。

真正的病人现在强打起身子,倒不敢沾一沾炕边。玉贤头疼,恶心,走一步心就跳得噔噔噔。她用一条黑布帕子围着脖子,遮盖着被草绳勒出一圈血印的脖颈,默默地扫院,悄悄地在前院柴火堆前撕扯麦秸,默默地坐在灶锅前烧火拉风箱。

红润润的脸膛变得灰白,低眉奄眼地走到公公跟前,递上饭碗,声音从喉咙里挤不出来。她又端起一碗饭,送到勤娃跟前:"吃饭……"

勤娃翻过身,一拳把碗打翻了,破碎的碗片,细长的面条,汤汤水水在脚地上泼溅。

他恨她恨得咬牙,打她的耳光,撕扯她的头发。晚上,脱了衣服,他在她的身上乱打。打得好狠,那双自幼打土坯练得很有功力的胳膊,在她的身上留下一坨坨黑疤和红伤。他不心疼,觉得一阵疯狂的发泄之后,心里稍稍畅缓一些了。她不躲避,忍受着应该忍受的一切报复,这是应该的。她只是捂着脸,不要让那双铁锨一样硬邦的手给她脸上留下伤痕,身上任何地方,有衣服遮着,让他打好了。

康田生坐在自己的小屋里,听着前边厦屋里儿子抽打媳妇的响声,坐不住了,那每一声,就像敲在他的心口。他走出门,蹲在门前的小碌碡上,躲避那不堪卒听的响声。可是,一袋烟没有抽完,他又跳下碌碡,走进小院了,他不敢离远,万一闹出意外的事来就更怕人了。

春光是明媚的,阳光是灿烂的,房屋上空的榆树和椿树的叶子绿得发青,岭坡上的桃花又接着败落的杏花开得灿红了。而这个岭坡下的庄稼小院里,空气清冷,阳光惨淡,春风不止。

整整三天过去了。

儿子和媳妇都失了脸形,康田生本人也因焦虑和减食而虚火上升,眼睛又黏又红,像胶锅一样睁巴不开了。他愈加想到这个破裂的家庭里,自己所负的支撑者的责任了。怎么劝儿子,又怎么劝媳妇呢?他一看见儿子痛不欲生的脸相,自己已经难受得撑挂不住,哪里还有话说得出来呢?他知道儿子遇到的不幸在人生中有多重的分量。对于儿媳,那张他曾经十分喜欢的红润的脸膛,如今连正眼瞧一瞧的心情也没有,看了叫人恶心!老汉抽着烟,睁巴着黏糊糊的眼睛,寻思怎么办。对儿媳再恨再厌,他不能像儿子那样不顾后果地愣下去。他想和什么人讨讨对策,然而不能,即使村长也不能商量,这样的丑事,能说给人听吗?他终于想到了表兄和表嫂,那是自己的顶亲的亲戚,勤娃的养身父母,最可信赖的人了。

他仍然觉得不敢离开这个时刻都可能出事的家,让顺路上岭去的人把话捎给表兄,无论如何,要下岭来一趟,勤娃病了,病中想念舅舅……

十一

"就这。"康田生把家中发生的不幸从头至尾叙说一遍,盯着表兄的长眉毛下的明智的眼睛,问,"你说现时咋办呀?"

"好办。"表兄一扬头,"把勤娃叫来。"

勤娃走进来了,眼睛跌到坑里了,一见舅舅,扑到当面,呜的一声哭了。田生老汉把头拧到一边,不忍心看儿子丧魂落魄的颓废架势。

"头扬起来!甭哭!"舅父严厉地说,"二十岁的大人了,哭哭溜溜,啥样式嘛!"

"我……我不活了……"勤娃一见舅舅,心里的酸水就涌流不止,用拳头砸着自己的脑袋,"我……哎……"

舅父伸开手,啪啪,两记耳光,抽到勤娃鼻涕眼泪交流着的扭曲的脸上,厉声骂:"指望我来给你说好话吗?等着!"

勤娃哭不出来了,呆呆地低着头站着。

康田生吃惊了,瞅着表兄下巴上一撅一撅的花白胡须,没见过表兄这样厉害呀!他忙把勤娃拉开,按坐在小木墩上。

"你妈死得早,你爸咋样把你拉扯这大?亲戚友人为你操了多少心?你长得成人了,人高马大了,不说成家立业,倒想死!"舅父训斥起来,"死还不容易吗?眼一闭,跳到河里就完了。值得吗?"

父子二人默声静息,不敢插言。

"那——算个屁事!"舅父把那件丑事根本不当一回事,"大将军也娶娼门之妻!我在河北财东家杂货铺当相公,掌柜的婆娘就和人私通,掌柜的招也不招,只忙着生意赚钱!咱一个乡村庄稼汉,比人家杂货铺掌柜还要脸吗?"

勤娃似乎一下子才醒悟,这样的丑事绝不是他康勤娃一个人遇到了,比他更体面的人也遇到了。他讷讷地说:"我心里恶心……像吃了老鼠……"

"事情……当然不是好事。"舅父把话转回来,"这号丑事,张扬出去,于你有啥光彩?庄稼人,娶个媳妇容易吗?那不是一头牛,不听使唤,拉去街上卖了,换一头好使唤的回来。现时政府里提倡婚姻自由,允许离婚,你离了她,咋办?再娶吗?你一个后婚男人,哪儿有合适的寡妇等着你娶?即使有,你的钱在人家土壕里,一时三刻能挣来吗?啊?遇到事了,也该前后左右想想,二十岁的人啦,哭着腔儿要寻死,你算啥男子汉……"

"对对对!实实在在的话。"康田生老汉叹服表兄一席切身实际的道理,自愧自己这几天来也是糊涂混乱了,劝儿子说,"听着,你舅的话,对对的。"

"吃了饭,出去转一转,心眼就开畅了。"舅父说,"明天把石夯扛上,出去打土坯!舅不死,就是想看见你把瓦房撑起来。"

勤娃苦笑一下,这是他近日来露出的头一张笑脸,尽管勉强又苦楚,仍然使老父亲心里一亮啊!

"记住——"舅舅瞅瞅勤娃,又瞅一眼康田生,压低声音叮嘱,"再甭跟任何人提起这事。你祖祖辈辈子子孙孙都在康家村,门面敢倒吗?"

康田生连连点头。

"勤娃,"舅舅叫他的名字,悄声郑重地说,"在外人面前概不提起,在屋里可不敢松手!女人得下这号瞎毛病,头一回就要挖根!此病不除,后祸无穷!"

听着舅舅前后不大统一的话,勤娃这阵儿才真正感服了,睁着苦涩的眼睛,盯着舅父花白胡须包围中的薄嘴唇,等待说出什么拯救他拔出苦海的好法子来。

"你——再甭打她了。你打得失手,她寻了短见,咋办?再说,打得狠了,她记恨在心,往后怎样过日子?"舅父说,"你去找她娘家人,让她爹娘老子收拾她,治她的瞎毛病。省得……"

"唔唔唔,好好好!"康田生老汉对于表兄的所有谈话都钦服,一生只会摔汗水出笨力的老土坯客,对于精明一世的表兄一直尊为开明的生活的指导者,"我当初想过这一招儿,又怕伤了亲戚间的和气……"

"他女子做下伤风败俗的事,他还敢嘴硬!"舅父说着,特别叮嘱勤娃,"这件事,不能松饶了她;可跟人家爹娘说话,话甭伤人……"

勤娃点点头,感激地盯着舅父,这个养育他长大,至今还为他的不幸费心劳神的长辈人,似乎比粗笨的亲生父亲更可亲近了。

舅父站起来,在门口朝前院喊:"玉贤——"

玉贤轻手轻脚走到舅父面前,低头站住,声音柔弱得像蚊子:

"舅——你老儿……来咧!"

"快去给舅做饭。"他像什么事也不知道,也或者是什么都知道了而毫不介意,倚老卖老地说,"吃罢饭,你爸和勤娃还要劳动哩!"

十二

半缺的月亮挂在河湾柳林的上空,河滩稻田秧圃里,蛙声此起彼伏,更显出川道里夜晚的幽静。勤娃迈开大步,跳过一道道灌溉水渠,沿着河堤走着。他避开土路,专门选择了行人罕至的河滩,要是碰见熟人,问他夜晚出村做啥,可能要引起猜疑的。

他憋着一口闷气,想着见了丈人和丈母娘,该如何开口说出他们的女儿所做下的不体面的丑事?舅父教给他的处理此事的具体措施,似乎是一种束缚,按他的性儿,该是当着她家老人的面,狠狠骂一顿他们的女儿辱没了家风。他走进熟悉的吴庄村了。

这样的夜晚赶到亲戚家里去,本身就是一种不祥的征兆。丈人吴三,丈母娘和丈人家哥,一齐围住他,三双眼睛在他脸上转,搜寻和猜测着什么,几乎一齐开口问:屋里出了什么事?这么晚赶来,脸色也不好……

勤娃看着老人担惊受怕的样子,心里忽地难受了。因为给吴三打土坯而订下了他的女儿,婚前婚后,两位老人对他这个女婿是很疼爱的。常常在他面前说,玉贤要是有不到处,你要管她,打她骂她都成。他们是正直的庄稼人,喜欢勤娃父子的勤劳和本分,很满意地把自己的小女儿嫁给他了。往常里,丈母娘时不时地用竹条笼提来自己做下的好吃食……现在,事情却弄到这样的地步,他们听了该会怎样伤心!

勤娃看着两位老人惊恐的眼色,说不出口了,路上在心里聚起的闷气,跑光了。他猛地双手抱住头,长长地哀叹一声,几乎哭了。

"有啥难处,说呀!"丈母娘急切地催促。

"唉——"勤娃又叹出一声,实在太难出口了。

丈人吴三坐在一边,不再催问。他从勤娃的神色和举动上,判断出了什么,就吩咐站在一边的儿子说:"你去,把你姐叫回来!"

丈人家哥走出门,他觉得话好说了,这才哽哽巴巴,把玉贤和冬学教员的事说了。丈母娘羞惭得骂起来,老丈人吴三却气得浑身颤抖,跌坐在椅子上,说不出话了。

"我回呀!"勤娃告辞,"女儿出门,怪不了老人。我不怪你二老,你们对我好……"

"甭走!"丈人拉住他,"等那不要脸的回来再说!"

勤娃坐下了。

"你狗日做下好事了!"吴三一看见走进门来的女儿,火暴性子就发作了,"你说……"

玉贤站在当面,勾着头,不吭声。

这种不吭声的行为本身,就证明了勤娃说出的那件丑事的可靠性。吴三火起,两个巴掌就把女儿打倒了。

"甭打!爸……"勤娃拉住丈人爸的胳膊。

"不争气的东西!"丈母娘在一旁狠着心骂,"在娘家时,我给你说的话,全当刮风……"

"狗日至死再甭进俺家的门!"丈人家哥骂。

玉贤没有同情者。在这样的家庭里,她不指望任何人会替她解脱。她的父母,都是要脸面的正经庄稼人。她做下辱没他们门庭的丑事,挨打受骂是当然的。她躺在地上,又挣扎站起。

"跪下!"吴三吼着。

玉贤太屈辱了,当着勤娃和父母哥哥的面,怎么跪得下去呢?这当儿,父亲吴三一脚把她踢倒,她的腿腕疼得站不起来了。

吴三从墙上取下一条皮绳,塞到勤娃手里:"勤娃,你打……"

勤娃接住皮绳,毫不迟疑地重新挂到墙上的钉子上,劝慰吴三:"算哩……"

丈母娘向勤娃暗暗投来受了感动的眼光。

吴三又取下皮绳,一扬手,抽得只穿件夹衣的玉贤在地上滚翻起来,惨痛而压抑的叫声颤抖着。

勤娃自己在打玉贤的时候,似乎只是被一股无法平息的恶火鼓动着。当他看着丈人挥舞皮绳的景象,他的心发抖了。看着别人打人,似乎比自己动手更觉得残忍。他抱住吴三的手。

"甭拉!让我把这丢人丧德的东西打死!"吴三愈加上火,扑跳得更凶,"你不要脸,我还要!"

勤娃猛然想到,他刚才不该留在这儿。丈人留他,就是要当着他的面,教训女儿,以便在女婿面前,用最结实的行为,洗刷父母的羞耻。他要是不在当面,吴三也许不至于这样手狠。他劝劝吴三,就硬性告别了。

十三

玉贤吹了昏黄的煤油灯,脱完衣服,就钻进被窝里了,她怕母亲看见她身上的不体面的伤痕。母亲似乎察觉了她的行为的用心,从炕的那一头爬起来,嚓的一声划着了火柴,煤油灯冒着一柱黑烟的黄焰,把屋子里照亮了。

母亲揭开她盖的被子,"哎哟"一声,就抱住她的浑身四处都疼痛的身子,哭了。她的身上、腿上,有勤娃的拳头留下的乌蓝青紫的淤血凝固的伤迹,又摞上了父亲用皮绳刚刚抽打过的印痕,渗着血。她是母亲身上掉下来的肉,母亲心疼自己的骨肉,哭得很伤心。

玉贤没有想流眼泪的心情,疼是难以忍受的疼啊!凡是被拳头或皮绳抽击过的皮肉,一挨着褥子,就疼得想翻身,翻过去,那边仍然疼得不能支撑身体的重压。可她没有哭。那天晚上勤娃的突然敲门,她吓蒙了,此后所发生的一切,似乎是在梦中,直到她的阿公粗手笨脚地把一根生锈的大号钢针从鼻根下直插进牙缝,她才从另一个世界回到她觉得已经不那么令人留恋的庄稼小院。现在,母亲的胸部紧紧贴着她的肥实的臂膀,眼泪在她的脖根上流着。她不想再听母亲给她什么安慰。她想静静地躺着,静静地想想,她该怎么办。在和勤娃住了近半年的新房里,她不能冷静地想,时时提心那铁块一样硬的拳头砸过来,甚至在夜晚睡熟之际,他心里怄气,会突然跳起,揭开被子,把她从梦中打醒。现在,她的父亲吴三当着勤娃的面,打了,也骂了,给自己挽回脸面了。她应该承受的惩罚已经过去,她想静静地想一想,往后怎么办?

"唉……嗨嗨嗨嗨嗨……"母亲低声饮泣,胸脯颤动着。她生下这个女儿,用奶水把她养得长出了牙齿,就和大人一样啃嚼又硬又涩的玉米面馍馍了。她和吴三虽则都疼爱女儿,却没有惯养。自幼,她教女儿不要和男娃娃在一起耍;长大了,她教女儿做针线,讲女人所应遵从的一切乡俗和家风。一当她和吴三决定以三石麦子的礼价(当时顶小的价格),约定把女儿嫁给土坯客的儿子的时候,她开始教给女儿应该怎样服侍公婆,特别是没有婆婆的家里,应该怎样和阿公说话,端饭,倒尿盆,应该怎样服侍丈夫,应该怎样和隔壁邻居的长辈相处,甚至,平辈兄弟们少不了的玩笑和戏闹,该当怎样对付……家内家外,内务外事,她都叮嘱到了,而且不止一次。"教女不到娘有错。"她教到了,玉贤也做到了。在玉贤婚后几次回娘家来,她都盘问过,很满意。从康家村的熟人那里打听来的消息,也充分证明土坯客家的新媳妇是一个贤惠的好媳妇。可是,怎么搞的,突然间冒出来了这样最糟不过的丑事……母亲流完了眼泪,就数落起来:"你明明白白的灵醒娃嘛,怎的就自己往泥坑屎坑里跳?"

已经跳下去了,后悔顶啥用呢?玉贤躺在母亲身边,心里说,我死都死过一回了,现在还想用什么后悔药治病吗?

"你上冬学的事,为啥不给我说?"母亲追根盘底,"你个女人家,上学做啥?认得俩字,能顶饭吃,能当衣穿?人自古说,戏房学堂,教娃学瞎的地方……你上冬学上出好名堂来咧!"

她仍然不吭声。她需要自己想想,别人谁也不了解她的心情和处境。

"给你订亲的时光,我托你姨家大姑在康家村打听了,说勤娃父子都是好人。老汉老好,过不了十年八载,过世了,全是你和勤娃的家当。勤娃老实勤谨,家事还不是由你?这新社会,不怕孬人恶鬼,政府爱护老实庄稼人。你哪一样不满意?胡成精?"母亲开始从心疼女儿的口气转换为训诫了,"人嘛!图得模样好看,能当饭吃?我跟你爸过伙的时候,总看他崩豆性子不顺心,一会躁了,一会笑了。咋样跟这号人过日月?时间长了,我揣摸出来,你爸人心好,又不胡乱耍赌纳宝,为穷日子卖命。我觉得这人好哩!娃家,你甭眼花,听妈说,妈经的世事……"

她不分辩,也不应诺,静静地躺着。

"在咱屋养上十天半月,高高兴兴回家去,给你阿公赔不是,给勤娃说说好话。"母亲说,"往后,安安生生过日子,一年过去,没事了。人心都是肉长的嘛!"

母亲不再说话,哀叹着,久久,才响起鼾息声。

玉贤轻轻爬起,移睡到炕的那一头。

屋里很黑,很静,风儿吹得后院里的树叶嚓嚓地响。

当她被蒙着眼脸抬到一个陌生的地方,被陌生的女人搀进一个陌生的新的住屋,揭去盖脸红布,她第一眼看见了将要和她过一辈子日月的陌生的男人。她心跳了,却没有激动。这是一个长得普普通通的男人。不好看也不难看。不过高也不过矮。几个月来的夫妻生活,她看出,他不灵也不傻。她对他不是十分满意,却也不伤心命苦。对给她找下这样的女婿的父母,不感激也不憎恶。他跟麦子地里一根普通的麦子一样,不是零星地高出所有麦子的少数几棵,也不是夹在稠密的麦棵中间那少数的几支矮穗儿。他像康家村和吴庄众多的乡村青年一样普普通通。她也将和那许多普普通通的青年的媳妇一样,和勤娃过生活。自古都是这样,长辈和平辈人都是这样订亲,这样撮合一起,这样在一个炕上睡觉,生孩子……

她第一眼看见杨老师的时候,心里就惊奇了。世上有穿戴得这样合体而又干净的男人! 牙齿怎么那样白啊! 知道的事情好多好多啊! 完全不像乡村青年小伙们在一起,除了说庄稼经,就是说粗俗的男人和女人之间的酸话。杨老师留着文明头发的扁圆脑袋里,装着多少玉贤从来也没听说过的新鲜事啊! 苏联用铁牛犁地,用机器割麦,蒸馍擀面都是机器,那是说笑话吗? 烂嘴七婶当面笑问:生娃也用机器吗? 杨老师就把那些能犁地能割麦的照片摊给大家看,并不计较七婶烂嘴说出的冒犯的话。他总是笑眯眯的,笑脸儿,笑眼儿,讲话时老带着笑,唱歌时也像在笑。

她对他没有邪心。她根本不敢想象这样高雅的文明人,怎么会对她一个乡村女人有"意思"呢?她第一次感受到他的不寻常的目光时,他捉着她的手写翻身的"翻"字时,她都没有敢往那件事上去想。直到他接饭碗时连她的手指一起捏住,她也只想到他是无意的。直到他一把搂住她的腰,她瞬息间就把这些事统一到一起了。她没有拒绝。因为突然到来的连想也不敢想的欢愉,使她几乎昏厥了。

"我爱你,妹妹……"

他说了这句话,就把嘴唇压到她的嘴唇上。那声音是那样动人的心,她颤抖着,本能地把自己戴着石镯的手勾到他的肩头上。

她从来没有听一个男人这样亲昵地把她叫妹妹,也没人说过"爱"这个字。勤娃只说过"我跟你好"这样的话,没有叫过她"妹妹"。勤娃抚摸她身体的手指那么生硬。杨老师啊……

她挨勤娃的拳头,咬牙忍受了。她是他的女人,他打她是应该的。父亲打她,也咬牙忍受了,她给他和母亲丢了脸,打她也是应该的。可是,她虽然浑身青痕红斑,却不能把自己再和勤娃连到一起。她为可亲的杨老师挨打,她没有眼泪可流。

她如果能和勤娃离婚,和杨老师结婚的话,她才不考虑丢脸不丢脸。婚姻法喊得乡村里到处都响了,宣传婚姻法的大体黑字写在庄稼院房屋的临街墙壁上,好些村子里都有被包办婚姻的男女离婚的事在传说。她和杨老师一旦正式结合,那么还怕谁笑话什么呢?如果不能和杨老师结婚,继续和勤娃当夫妻,那就一辈子要背着不能见人的黑锅了。

她得想办法和杨老师再见一面,把话说准,之后她就到乡政府去提出离婚。现在无法再上冬学了,和杨老师见一面太难了,但总得见一面。不然,她心里没准儿,怎么办呢?

在康家村要找到和杨老师见面的机会,是不可能的。在娘家,比在阿公和勤娃的监视下要自由得多。杨老师是行政村的中心小学教员,在桑树镇上,想个借口到镇上去,越早越好……

十四

爷儿俩半年来又第一次自造伙食了。老土坯客看着儿子蹲在灶锅前点火烧锅,沤出满屋满院的青烟,重手重脚绊磕得碗瓢水桶乒乓响,心里好难受。昨晚,他坐在炕头上。等见勤娃从丈人家告状回来,叙说了经过。他对吴三的仗义的行为很敬佩,心里又暗暗难过。相亲相敬的亲家,以后见了面,怎么说话呢?他痛恨这个外表看来腼腆、内里不实在的媳妇,给两个安生本分的庄稼院平生出一场祸事。他更恨那个总是见人笑着的杨先生。你狗日为人师表,嘴里讲什么男女平等、婚姻自由,难道就是让你自由地去霸占老实庄稼人的女人吗?他恨得咬牙!三五天来家庭剧烈的变化,给饱经孤苦的老土坯客的刺激太沉重了。他一生中命运不济,性情却硬得近乎麻木,对于一切不幸和打击,不哭也不哀叹。可是,当生活已经充满希望的时候,完全不应出现的祸事却出现了的时候,老汉简直气得饭量大减,几天之间,白发增多了。他恨那个给他们家庭带来灾难的白脸书生!后悔那天晚上拦阻勤娃太早了;虽然不敢打死,至少应该砸断狗日一条腿!

他活到五十多了,不图什么,只图得有吃有穿,儿辈可靠。可是,如今却成了这样不酸不甜的苦涩局面了。

勤娃烧好开水,把两个蒸馏得热透的馍馍送到老汉面前,老汉忽然想到自己在刚刚死了女人以后,不习惯地烧锅做饭的情景,难道儿子勤娃又要钻厨房拉一辈子"二尺五"了吗?啊啊!老汉看见儿子愁苦的面容,几乎流下泪来。

勤娃拿了一个馍馍,夹了辣椒,远远地蹲在门外的台阶上,有味没味地慢腾腾地嚼着。

他担心勤娃,比自己要紧。他迅即抑制住自己的感情波动,用五十多岁老人的理智和儿子说话:

"勤娃——"

"嗯!"勤娃应着。

"明天出门打土坯去。"老汉说,"她爸她妈指教过她了,算咧!只要日后好好过日月,算咧。"

"……"

"人么,错了要能改错,甭老记恨在心。"他劝慰,"咱的家当还要过。你舅的话是明理。"

勤娃没有吭声。老汉从屋里走出来,想告诉儿子,他已经给他在南围墙村应承下打土坯的活路了。这时村长走进门来,后面跟着一位穿制服的女干部,胸膛上两排大纽扣。

"老哥,这是县文教局程同志,想跟你拉一拉家常。"村长说,"你们谈,我走了。"

"我叫程素梅。"程同志笑着介绍自己,很大方地坐到老汉的炕边上,态度和蔼,和蔼得教见惯了旧社会官人们凶相的老土坯客反倒不知如何是好了。她说,"我想来和你老儿坐坐。"

老汉心里开始在猜摸,程同志究竟找他来做啥?一般乡上县上的干部来了,总是和村长接手,和他一个只会打土坯的老汉有啥家常好拉的呢?

她问他家里都有什么人,分了几亩地,和谁家互助,老汉都答了。最后,程同志把弯儿绕到老汉最担心的那件事上来了,果然。

"没有啥!"老汉的嘴很有劲地回答,"杨先生教妇女识字有没有啥问题,咱不知道喀!咱一天捐上石夯打土坯,谁给管饭就给谁家卖力,咱没见过杨先生的面,光脸麻子都不知……"

"勤娃同志,你没听人说什么吗?"程干部转脸问,"甭怕。"

勤娃摇摇头。

"康大叔,你老儿心放开。"程同志说,"新社会,咱们把恶霸地主打倒了,穷人翻了身,可不能允许坏人再欺侮庄稼人,糟踏党的名誉。咱们的干部,有纪律,不准胡作非为……"

这些话说得和老汉的心思刚刚吻合,他觉得这个清素淡雅的女干部完全是可以信赖的,可以倾诉自己一生的不幸和意料不到的祸事。可是,他的话出口的时候,完全是另外的意思:

"杨先生胡作非为不胡作非为,咱不知道嘛!他在哪里胡作来,在哪里非为来,你到那里去查问。咱不知情喀!"

老汉忽然瞧见,勤娃的脸憋得紫红,咬着嘴唇,担心儿子受不住程同志诚恳的劝导,一下子说出那件丑事,就糟了。新社会共产党的纪律虽然容不得杨先生的胡作非为,可自己一家的名声也就

彻底臭了!他急中居然不顾礼仪,把儿子支使开:

"南围墙侯老七等你去打土坯。快去,再迟就要误工了。"

勤娃猛地站起,恨恨地瞅了父亲一眼,走出门去,撞得旧木板门咣啷一声响。

"这娃性子倔……"老汉不自然地掩饰说,盼他快点走。横在老汉心头的这一块伤疤,无论是恶意地撞击,抑或是好心地抚慰,都令人反感,任何触及都是难以忍受的痛苦。

"没关系。回头我再来。"程同志很耐心地说。

"甭来了。"老汉很不客气地拒绝,心里说,你一个穿戴和庄稼院女人明显不同的公家干部,三天五天往我屋跑,那还不等于告诉康家村人,康田生屋里出了啥事啊?老汉今天一见到她,心里的负担又添了一层,意识到这件丑事,尽管尽力掩盖,还是闹出去了,要不,县上的这位女干部怎么会来到他的小院呢?即使外面有风传,他们一家也要坚决捂住。"咱庄稼人忙。实在是……我跟勤娃,啥也不知道咯!"

程同志脸上明显现出失望的神色,失望归失望,却不见反感或厌恶。她是做党的干部纪律的监督工作的。严肃的职业使她年纪轻轻儿就已经养成严肃而又和蔼的禀性。此类问题在她的工作中,不是第一次,不说庄稼人吧,即是觉悟和文化都要高一级的工人和干部,在这样的丑事临头的心理矛盾中,往往也是同样首先顾及自己和儿女的名声,这样,就把造成他们家庭不幸的人掩蔽起来了。

十五

紧张的体力劳动,给心里痛苦痉挛着的庄稼汉勤娃以精神上极大的解脱。他走进侯七家打土坯的土壕,胳膊无力,腿脚懒散,浑身的劲儿叫不起来。侯七在一旁给木模装土,不断投来怀疑的不太满意的眼光。勤娃像受了侮辱——勤劳人的自尊。他暗暗骂自己一声,提起石夯,砸了下去,一切烦恼暂时都被连珠炮似的石夯撞击声冲散了。

劳动完了,烦恼的烟云又从四面八方朝他的心里围聚。吃罢晚饭,他怏怏地告诉侯七,自个有病了,另找别人来打土坯吧!侯七盯着面色郁闷的勤娃,没有强留。他扛着木模和石夯走出村来。

勤娃懒散地移着步子,第一次不那么急迫地往家赶了;赶回家去干什么呢?甭说玉贤不在家,即使在,那间小厦屋也没有温暖的诱惑力了。

浪去!勤娃鼓励自己,一年四季,除了种庄稼,农闲时出门打土坯,早晨匆匆去,晚上急忙回,挣那么几块钱,从来舍不得买一个糖疙瘩,一五一十全都交到她手里,让她积攒着,想撑三间瓦房……太可笑了!你为人家一分一文挣钱,人家却搂着野汉睡觉……去他妈的吧!

勤娃已经叉开通康家村的小路,走上官路了。

这样恼人的丑事,骂不能骂,说不敢说;和玉贤关系好不能好,断又断不了,这往后的日月怎么过?既然程同志赶到家里来查问,证明他的父亲和舅舅要他包住丑事的办法已经失败,索性一兜子倒出来,让公家治一治那个瞎熊教员,也能出口气,可是,他爸却一下把他支使开了。

勤娃开始厌恶父亲那一副总是窝窝囊囊的脸色和眼神。窝囊了一辈子,而今解放了,还是那么窝囊。他啥事都首先是害怕。不敢高声说话,不敢跟明显欺侮自己的人干仗,自幼就教勤娃学会忍耐,虽然不识字,还要说忍字是"心上能插刀刃"!他现在有些忍不住了!

沿着官路,踽踽走来,到了桑树镇了。

夜晚的乡村小镇,街道两边的铺店的门板全插得严严的,窗户上亮着灯光,街上行人稀少。勤娃终于找到了可以站一站的地方,那是客栈了。

门里的大梁上吊着一盏大马灯,屋里摆着脚客们的货包。大炕上,坐着或躺着一堆操着山里口音的肩挑脚客。

"啊呀!这是勤娃呀?"客栈掌柜丁串串吃惊地睁大着灵活的小眼睛,"来一碗牛肉泡,还是荤油臊子面?"

"二两酒。"勤娃说,"晚饭吃过了。再来一碟花生豆儿。"

"啊呀,勤娃兄弟!"丁串串愈加吃惊了,"好啊!我知道,这二年庄稼人翻身了,村村盖房的人多了,你打土坯挣钱的路数宽了!好啊!庄稼人不该老没出息,攒钱呀,聚宝呀!临死时一个麻钱,一页瓦片也带不到阴间!吃到肚里,香在嘴里,实实在在……掌柜的,给康家勤娃兄弟看酒……"

丁串串长得矮小、精瘦,声音却干脆响亮,说话像爆豆儿,没得旁人插言的缝隙。他唤出来的,是他的婆娘,一个胖墩墩的中年女人,同样笑容满面地把酒壶和花生摆到勤娃的面前了:"还要啥?兄弟。"

"吃罢再说。"勤娃坐下来。

花生米是油炸的,金红,酥脆,吃到嘴里,比自家屋里的粗粮淡饭味儿好多了。酒也真是好东西,喝到口里,辣刺刺的,进入肚里以后,心里热乎乎的。接连灌了三大盅,勤娃觉得心里轻松多了。怪道有钱人喜时喝酒,闷时也喝酒!他觉得那股热劲从心里蹿起,进入脑袋了,什么野汉家汉,丑事不丑事,全都模糊了,也不显得那么重要了。

"再来二两!"勤娃的声音高扬起来,学着丁串串的声调,呼唤女掌柜,"掌柜的,买酒!"

女掌柜扭动着肥大的臀部,送上酒来,紧绷绷的胖脸上总是笑着。勤娃从腰里掏出一卷票子,抽出两张来,摔到桌上,好大的气派!女掌柜伸手接住钱,眼睛却直勾勾地盯着他把那一卷票子塞到腰里去。

"还有床位么?"勤娃干脆捉住白瓷细脖酒壶,直接倒进喉咙,咂咂嘴,问着还站在旁边的女掌柜。

"有啊!"女掌柜满脸开花,"要通铺大炕?还是单间?兄弟倒是该住单间舒服。"

"好啊!我住单间。"勤娃满口大话,一壶酒又所剩不多了,支使女掌柜,"给我开门去!"

他妈的,我康勤娃也会享福嘛!酒也会喝,花生豆儿也会吃。往常里倒是太傻了哩!

"勤娃兄弟,床铺好了——"女掌柜在很深的宅院里头喊。

"来了——"勤娃手里攥着酒壶,朝院里走去。脚下有些飘,总是踩踏不稳,又撞到什么挡路的东西上头了,胳膊也不觉得疼。

那些坐着或躺在通铺大炕上的山里脚客,在挤眉弄眼说什么,勤娃不屑一顾地撇撇嘴角。这些山地客,可怜巴巴地肩挑山货到山外来卖钱,只舍得花三毛票儿躺大炕,节省下钱来交给山里的婆娘。可他们的婆娘,说不定这阵也和谁家男人睡觉哩……

"在哪儿?"勤娃走进昏黑的狭窄的院道,看着一方一方相同的黑门板。

"在这儿。"女掌柜走到门口,"我给你铺好被子了。"

勤娃走到跟前,女掌柜站在窄小的门口,勤娃晃荡着膀臂进门的时候,胳膊碰到一堆软囊囊的东西,那大概是女掌柜的胸脯。

女掌柜并不介意,跟脚走进来:"新被新床单,你看……"

勤娃一看,女掌柜穿着一件对门开襟的月白色衫子,交近农历四月的夜晚,已经很热,她半裸开胸脯上的纽扣,毫不在乎地站在当面。勤娃一笑:"好大的奶子!"

"想吃不?"女掌柜嘻嘻一笑,一把扯开胸脯,露出两只猪尿泡一样肥大的奶头,"管你一顿吃得饱!"一下子搂住了勤娃。

勤娃本能地把脸贴到那张嬉笑着的脸上。

"瞎熊!"女掌柜又嘻嘻一笑,嗔声骂着,转过身,走出门去。

丁串串正好走到当面,站住脚。

"勤娃喝多了,在老嫂子跟前耍骚哩!"女掌柜说。丁串串哈哈一笑,忙他的事情去了。

勤娃往腰里一摸,啊,那一卷票子呢?啊呀!脑子里轰地一下,一瞬间的惊恐之后,他就完全麻木了,糊涂了。

"哈哈哈……啊哈哈哈哈!"勤娃从门里蹦出,站在院子里,"一把票子,几十块!只摸了一把奶!太划不来了……哈哈哈哈……"

他豁脚扬手,笑着喊着,从后院蹦到前房,又冲到门外。

"这瓜熊醉咧!"女掌柜也哈哈笑着说。

"大概屋里闹仗,生闷气。"男掌柜丁串串给那些山地脚客说,"这是方圆十多里有名的土坯客,一个麻钱舍不得花的人。今日一进门就不对窍嘛!大半是家事不和,看起来闹得很凶……"

丁串串说着,吩咐女掌柜:"你去倒一碗醋来,给灌下去……"

十六

月亮半圆了,村外的田地里明亮亮的,似乎天总是没有黑严。玉贤匆匆沿着宽敞的官路走着,希望有一块云彩把月亮遮住,免得偶尔从官路上过往的熟人认出自己来。

经过一夜一天的独自闷想,她终于拿定主意:要找杨老师。在娘家屋比在勤娃家里稍微畅快些。一直到喝毕汤,帮母亲收拾了夜饭的锅灶,她才下定决心,今晚就去。

父亲一看见她就皱眉瞪眼,扔下碗就出门去了,母亲说到隔壁去借鞋样儿,她趁机出了门,至于回去以后怎样搪塞,她顾不得了。

桑树镇的西头,是行政村的中心小学,杨老师在那儿教书。月光下,一圈高高的土打围墙,没有大门,门里是一块宽大的操场,孤零零立起一副篮球架。操场边上长着软茸茸的青草,夜露已经潮起,她的脸面上有凉凉的感觉。

一排教室,又一排教室。这儿那儿有一间一间亮着的窗户,杨老师住在哪里呢?问一问人,会不会引起怀疑呢?黑夜里一个年轻女人来找男教员,会不会引起人们议论呢?

左近的一间房门开了,走出一位女教员,臂下夹着本本,绕下台阶过来了。她顾不得更多的考虑,走前两步,问:"杨老师住哪里?"女教员指指右旁边一个亮着的窗户,就匆匆走了。

走过小院,踏上台阶,站在紧闭着的木门板外边,玉贤的心腾腾跳起来。她知道她的不大光明的行动潜藏着怎样不堪设想的危险结局,没有办法,她不走这一步是不行的。

她压一压自己的胸膛,稳稳神儿,轻轻敲响了门板。

"谁?"杨老师漫不经心的声音,"进。"

玉贤轻轻推开门,走进去,站在门口。杨老师坐在玻璃罩灯前,一下跳起来,三步两步走过来,把门闭上,压低声音问:"你怎么这时候来了?"

他怎么吓成这样了呢?脸色都变了。

"见谁来没有?"杨老师惊疑不定地问。

"见一个女先生来。"玉贤说,"我问你的住处。"

"她没问你是谁吗?"

"问了。"

"你怎样说的?"

"我说……是我哥哥……"

"啊呀!瞎咧!人家都知道,我就没有妹妹嘛!"杨老师的眼睛里满是惊恐不安,"唔!那么,要是再有人撞见问时,说是表妹,姨家妹妹……"

玉贤看见杨老师这样胆小,心里不舒服,反倒镇静了,问:"杨老师,我明白,这会儿来你这儿不合适,我没办法了。我是来跟你商量,咱俩的事情咋办呀?"

"你说……咋办呢?"杨老师坐下来了。

"你要是能给我一句靠得住的话……"玉贤靠在一架手风琴上,盯着杨老师,认真地说,"我就和勤娃离婚!"

"那怎么行呢!"杨老师胡乱拨拉一把头上的文明头发,恐惧地说,"县上教育局,这几天正查我的问题哩!"

"我知道。"玉贤说,"今日后响一位女干部找到我娘家,问我……"

"你咋样回答的?"杨老师打断她的话。

"我又不是碎娃,掂不来轻重……"

"噢!"杨老师稍微放心地吁叹一声,刚坐下,又急忙问,"不知到勤娃那里调查过没有?"

"问了。"玉贤说,"听她跟我说话的口气,他也没给她供出来……"

"好好好!"杨老师宽解地又舒一口气,眼里恢复了那种好看的光彩,走到她面前来,"真该感谢你了……好妹妹……"

"要是目下查得紧,咱先不要举动。"玉贤说,"过半年,这事情过去了,我再跟他离!"

"你今黑来,就是跟我商量这事吗?"

"我跟他离了,咱们经过政府领了结婚证,正式结婚了,那就不怕人说闲话了,政府也不会查问了。"玉贤说,"我想来想去,只有这条路。"

"使不得,使不得!"杨老师又变得惊慌地摇摇手,"那成什么话呢！"

"只要咱们一心一意过生活,你把工作搞好,谁说啥呢?"玉贤给他宽心,"笑,不过三日;骂,不过三天!"

"你……你这人死心眼!"杨老师烦躁地盯她一眼,转过头去说,"我不过……和你玩玩……"

"你说啥?"玉贤腾地红了脸,几乎不相信自己的耳朵,"这是你说的话?"

"玩一下,你却当真了。"杨老师仍然重复一句,没有转过头来,甚至以可笑的口吻说,"怎么能谈到结婚呢!"

玉贤的脑子里轰然一响,麻木了,她自己觉得已经站立不住,一句话也说不出来,嘴唇和牙齿紧紧咬在一起,舌头僵硬了。

"甭胡思乱想！回去和勤娃好好过日月！他打土坯你花钱,好日月嘛!"杨老师用十分明显的哄骗的口气说着,悄悄地告诉她,"我今年国庆就要结婚了,我爱人也是教员……"

他和她"不过是玩玩"！她成了什么人了？她至今身上背着丈夫勤娃和父亲吴三抽击过的青伤紫迹,难道就是仅仅想和她玩一玩吗？她硬着头皮,含着羞耻的心,顶过了县文教局女干部的查问,就是要把他包庇下来,再玩一玩吗？玉贤可能什么也没有想,却是清清楚楚看见那张曾经使她动心的小白脸,此刻变得十分丑陋和恶心了。

"我不会忘记你的好处,特别是你没有给调查人说出来……"杨老师这几句话是真诚的,"我……给你一点钱……你去买件衣衫……"

玉贤再也忍受不住这样的侮辱,一口带着咬破嘴唇的血水,喷吐到那张小白脸上,转身出了门……

十七

月亮正南,银光满地,田野悄悄静静。

玉贤坐在一棵大柳树下,缀满柳叶的柔软的枝条垂吊下来,在她头上和肩上摆拂。面前是一口装着木斗框架的水井,应该结束自己的生命了!一低头,一纵身,什么都不要想了!

也许明天早晨,菜园的主人套上牲畜车水的时候,立即就会发现她……十里八村的男人女人,就该有闲话好说了。啊啊!她将作为一个坏女人永远留在村民们的印象里……

她忽然想到了阿公,那个在她过门不到两月时光就把"金库"交给儿媳掌管的老人,小河一川能数出几个这样老好的老人呢!多少家庭里娶下媳妇,父子,兄弟,妯娌闹仗分家,不都是为着家产和金钱吗?她太对不住阿公了,如果能见一面,她会当面跪下,请求老人打她。那样,她死了,会轻松一些。

她想到勤娃了。他笨手笨脚,可搂起她的双臂是那样的结实。他讷口拙舌,可说出的话没有一句是空的。他从外村打土坯回来,嘿嘿笑着,从粗布衫子的大口袋里头掏出钱来,很放心地交到她手上,看着她再装到阿公交给她的那只梳妆盒子里……

她对不起阿公和勤娃。她没脸面再去盯一眼这样诚心实意待她的人。她应该立即跳进井里去!

她对不住阿公和勤娃。应该在离开阳世的时候,对自己已经觉悟到的错事悔过,补一补心,再死也不迟啊!

她站起来,冷漠地盯一眼透着月光的井水,离开了。她从田间的小路重新走上官路,从桑树镇上穿过去,直接回家,免得回到娘家,父亲没完没了地责问,死了也该是康家的鬼!

玉贤走到桑树镇上了,街上已经空无人迹。经过客栈门前的时候,门口围着一堆人,嘻嘻哈哈,哄哄闹闹。她不想转过头去,这个客栈,早听人说过,是个乌七八糟的地方,丁串串开栈挣钱。婆娘卖身子挣钱。

"哎呀!喝了醋就醒酒了!"

"灌!"

"把鼻子捏住!"

又是什么人喝醉了,玉贤走过去了。

"我——不——喝!"

玉贤听到被灌着醋的喝醉了的人的吼声,猛然刹住脚,怎么像是勤娃的声音呢?

"毒——药——"

这回听真切了,是勤娃。天哪!他怎么跑到这个鬼栈里来了呢?她的心紧紧地收缩下沉,意识到她害得勤娃变成什么人了!

玉贤折回身,跑到人堆前,拨开围观的人堆;从门里射出的马灯的亮光里,看见勤娃被一个人紧紧夹住,丁串串正给他嘴里灌醋。勤娃咬着牙,闭着眼,醋水撒了一脸一胸膛,满身泥土。玉贤一下扑上去,抱住勤娃,哭喊出来:"我的你呀……"

丁串串和众人停住手,议论纷纷。

玉贤扯起衣襟,擦了勤娃的脸,抓住一只胳膊,架在她的脖子上,另一只手紧紧搂住勤娃的腰,几乎把那沉重的身躯背在身上,拽着拖着,离开丁家栈子,走上了官路……

　　　　1982年9月18日至11月3日写　改于灞桥

信　　任

一

一场严重的打架事件搅动了罗村大队的旮旯拐角。被打者是贫协主任罗梦田的儿子大顺,现任团支部组织委员。打人者是四清运动补划为地主成分、今年年初平反后刚刚重新上任的党支部书记罗坤的三儿子罗虎。

据在出事的现场——打井工地——的目睹者说,事情纯粹是罗虎寻衅找茬闹下的。几天来,罗虎和几个四清运动挨过整的干部的子弟,漂凉带刺,一应一和,挖苦臭骂那些四清运动中的积极分子;参与过四清运动的贫协主任罗梦田的儿子大顺,明明能听来这些话的味道,仍然忍耐着,一句不吭,只顾埋头干活。这天后响,井场休息的时光,罗虎一伙骂得更厉害了,粗俗的污秽的话语不堪入耳!大顺臊红着脸,实在受不住,出来说话了:"你们这是骂谁啊?"

"谁四清运动害人就骂谁!"罗虎站起来说。

大顺气得呼呼儿喘气,说不出话。

罗虎大步走到大顺当面,更加露骨地指着大顺臊红的脸挑逗说:"谁脸发烧就骂谁!"

"太不讲理咧!"大顺说,"野蛮——"

大顺一句话没说完,罗虎的拳头已经重重地砸在大顺的胸口上。大顺被打得往后倒退了几步,站住脚后,扑了上来,俩人扭打在一起。和罗虎一起寻衅闹事的青年一拥而上,表面上装作劝解,实际是拉偏架。大队长的儿子四龙,紧紧抱住大顺的右胳膊,又一个青年架住大顺的左胳膊,一任罗虎拳打脚踢,直到大顺的脸上哗地蹿下一股血来,倒在地上人事不省……这是一场预谋的事件,目睹者看得太明显了。

一时间,这件事成为罗村街谈巷议的中心话题。那些参与过四清运动的人,那些四清运动受过整的人,关系空前地紧张起来了。一种不安的因素弥漫在罗村的街巷里……

二

春天雨后的傍晚,山清水秀,空气清新;块块云彩悠然漫浮;麦苗孕穗,油菜结荚;南坡上开得雪一样白的洋槐花,散发着阵阵清香。在坡下沟口的靠茬红薯地里,党支部书记罗坤和五六个社员,执鞭扶犁,在松软的土地上耕翻。

突然,罗坤的女人失急慌忙地颠上塄坎,颤着声喊:"快!不得了……了……"

罗坤喝住牛,插了犁,跑上前。

"惹下大……祸咧……"

罗坤脸色大变:"啥事?快说!"

"咱三娃和大顺……打捶,顺娃……没气……咧……"

"现时咋样?"

"拉到医院去咧……还不知……"

"啊……"

罗坤像挨了一闷棍,脑子嗡嗡作响,他把鞭子往地头一插,下了塄坎,朝河滩的打井工地走去,衣褂的襟角,擦得齐腰高的麦叶唰唰作响。

打井工地上,木柱、皮绳、镢、锨胡乱丢在地上,临近的麦苗被攘践倒了一片,这是殴斗过的迹象。打井工地空无一人,井架悄然耸立在高空中。

从临时搭起的夜晚看守工具的稻草庵棚里,传出轻狂的说话声。罗坤转到对面一看,三儿子罗虎正和几个青年坐在木板床上打扑克哩。

罗坤盯着儿子:"你和大顺打架来?"

儿子应道:"嗯!"

罗坤问:"他欺负你来?"

儿子不在乎:"没有。"

"那为啥打架?"

于是,儿子一五一十地述说了前后经过,他不隐瞒自己寻事挑衅的行动,倒是敢做敢当。

罗坤的脸铁青,听完儿子的述说,冷笑着说:"是你寻大顺的事,图出气!"

儿子拧了一下脖子,翻了翻眼睛,没有吭声,算是默认。那神色告诉所有人,他不怕。

罗坤又问:"我在家给你说的话忘咧?"

"没!"儿子说,"他爸四清时把人害扎咧!我这阵不怕他咧!他……"

罗坤再也忍不住,听到这儿,一扬手,那张结满茧甲的硬手就抽到儿子白里透红的脸膛上——

"啪!"

儿子朝后打个闪腰,把头扭到一边去。

罗坤转过身,大步走出井场,踏上了暮色中通往村庄的机耕大路。

这一架打得糟糕!要多糟糕有多糟糕!罗坤背着手,在绣着青草的路上走着,烦躁的心情急忙中稳定不下来。

贫协主任罗梦田老汉在四清运动中,是工作组依靠的人物,在给罗坤补划地主成分问题上,盖有他的大印。在罗坤被专政的十多年里,他怨恨过梦田老汉:你和我一块耍着长大,一块逃壮丁,一块搞土改,一块办农业社,你不明白我罗坤是啥样儿人吗?你怎么能在那些由胡乱捏造的证明材料上盖下你的大印呢?这样想着,他连梦田老汉的嘴也不想招了。有时候又一想,四清运动工作组那个厉害的架势,倒有几个人顶住了?他又原谅梦田老汉了。怨恨也罢,原谅也罢,他过的是一种被专政的日子,用不着和梦田老汉打什么交道。今年春天,他的问题终于平反了,恢复了党籍,支部改选,党员们一口腔又把他拥到罗村大队最高的领导位置上,他流了眼泪……

他想找梦田老汉谈谈,一直没谈成。倔得出奇的梦田老汉执意回避和他说话。前不久,他曾找到老汉的门下,梦田婆娘推说老汉不在而谢绝了。不仅老贫协对他怀有戒心,那些四清运动中在工作组"引导"下对干部提过意见的人,都对重新上台的干部怀有戒心。党支书罗坤最伤脑筋的就是这件事。想想吧,人心不齐,你防我,我防你,怎么搞生产?怎么实现机械化?正当他为罗村的这种复杂关系伤脑筋的时候,他的儿子又给他闯下这样的祸事……

三

罗坤径直朝梦田老汉的门楼走去。当他跨进木门槛的时候,心里做好了最坏的准备,准备承受梦田老汉最难看的脸色和最难听的话。

小院停着一辆自行车,车架上挂着米袋面包和衣物之类,大约是准备送给病人的。上房里屋里,传出一伙人嘈嘈的议论声:

"这明显是打击报复……"

"他爸嘴上说得好,'保证不记仇恨',屁!"

"告他!往上告!这还有咱的活处……"

说话的声音都是熟悉的,是几个四清运动的积极分子和梦田的几个本家。罗坤停了步,走进去会使大家都感到难堪。他站在院中,大声喊:"梦田哥!"

屋里谈话声停止了。

梦田老汉走出来,站在台阶上,并不下来。

罗坤走到跟前:"顺娃伤势咋样?"

"死了拉倒!"梦田老汉气哼哼地顶撞。

"我说,老哥!先给娃治病,要紧!"罗坤说,"只要顺娃没麻达,事情跟上处理!"

"算咧算咧!"梦田老汉摇着手,"棒槌打人手抚摸,装样子做啥!"

说着,跨下台阶,推起车子,出了门楼。

罗坤站在院子当中,麻木了,血液涌到脸上,烧骚难耐,他是六十开外的人了,应当是受人尊重的年龄啊!他走出这个门楼的时光,竟然不小心撞在门框上。

走进自家门,屋里围了一脚地人,男人女人,罗坤瞟了一眼,看出站在这儿的,大都是四清运动和自己一块挨过整的干部或他们的家属。他们正在给胆小怕事的老伴宽解:

"甭害怕!打咧就打咧!"

"谁叫他爸四清运动害了人……"

"他梦田老汉,明说哩,现时臭着咧!"

这叫给人劝解吗?这是煨火哩!罗坤听得烦腻,又一眼瞥见坐在炕边上的大队长罗清发,心里就又生气了:你坐在这里,听这些人说话听得舒服!他和大队长搭话,大队长却奚落他说:"你给梦田老汉回话赔情去了吧?人家给你个硬顶!保险!你老哥啊,太胆小咧,简直窝囊!"

罗坤坐在灶前的木墩上,连盯一眼也不屑。他最近以来对大队长很有意见:大队长刚一上任,就在自己所在的三队搞得一块好庄基地。这块地面曾经有好几户社员都申请过,队里计划在那儿盖电磨磨房,一律拒绝了。大队长一张口,小队长为难了,到底给了。好心的社员们觉得大队长受了多年冤屈,应该照顾一下,通过了。接着,社办工厂朝队里要人,又是大队长的女儿去了,社员一般地没什么意见,也是出于照顾……这该够了吧?你的儿子伙着我的三娃,还要打人出气,闯下乱子,你不收拾,倒跑来给女人撑腰打气。"把你当成金叶子,原来才是块铜片子!"

罗坤黑煞着脸,表示出对所有前来撑腰打气的好心人的冷淡。他不理睬任何人,对他的老伴说:"取五十块钱!"

老伴问:"做啥?"

"到医院去!"

大队长一愣,眼睛一瞪,明白了,鼻腔里发出一声重重地嘲弄的响声,跳下炕,竟自走出门去了。屋里的男人女人,看着气色不对,也纷纷低着眉走出去了。

罗坤给缩在案边的小女儿说:"去,把治安委员和团支书叫来!叫马上来!"

老伴从箱子里取出钱和粮票,交给老汉:"你路上小心!"

罗坤安慰老伴:"你放心!自个也甭守怕!怕不顶啥!你该睡就睡,该吃就吃!"

治安委员和团支书后脚跟着前脚来了。

罗坤说:"你俩把今日打架的事调查一下,给派出所报案。"

治安委员说:"咱大队处理一下算咧!"

"不,这事要派出所处理!"罗坤说,"这不是一般打架闹仗!"

团支书还想说什么,罗坤又接着对她说:"你叔不会写,你要多帮忙!"

说罢,罗坤站起身,拎起老伴已经装上了馍的口袋,推起车子,头也不回,走出门去。朦朦月光里,他跨上车子,上了大路。

四

整整五天里,老支书坐在大顺的病床边,喂汤喂药,端屎端尿,感动得小伙子直流眼泪。

梦田老汉对罗坤的一举一动都嗤之以鼻!做样子罢了!你儿子把人打得半死,你出来落笑脸人情,演的什么双簧戏!一旦罗坤坐下来和他拉话的时候,他就倔倔地走出病房了。及至后来看见儿子和罗坤亲亲热热,把挨打的气儿跑得光光,"没血性的东西!"他在心里骂,一气之下,干脆推着车子回家了。

大顺难受地告诉罗坤,说他爸在四清运动中被那个整人的工作组利用了。四清后,村里人在背后骂,他爸难受着哩!可他爸是个倔脾气,错了就错下去。四清运动的事,你要是和他心平气和说起来,他也承认冤枉了一些人,你要是骂他,他反硬得很:"怪我啥?我也没给谁捏造喀!四清也不是我搞的!盖了我的章子吗?

我的头也不由我摇！谁冤了谁寻工作组去……"

罗坤给小伙子解释,说梦田老汉苦大仇深,对新社会、对党有感情,运动当中顶不住,也不能全怪他。再说老汉一贯劳动好,是集体的台柱子……

第七天,伤口拆了线,大顺的头上缠着一圈白纱布出院了。罗坤执意要小伙子坐在自行车后面的支架上,小伙子怎么也不肯。"你的伤口不干净！医生说要养息！"罗坤硬把小伙子带上走了。

"大叔！"大顺在车后轻轻叫,声音发着颤,"你回去,也要难为虎儿……"

罗坤没有说话。

"在你受冤的这多年里,虎儿也受了屈。和谁家娃耍恼了,人家就骂'地主',虎儿低人一等！他有气,我能理解……"

罗坤心里不由一动,一块硬硬的东西哽住了喉头。在他被戴上地主分子帽子的十几年里,他和家庭以及孩子们受的屈辱,那是不堪回顾的。

小伙子在身后继续说:"听说你和俺爸,还有大队长清发叔,旧社会都是穷娃,解放后一起搞土改,合作化,亲得不论你我……前几年翻来倒去,搞得稀汤寡水,娃儿们也结下仇……"

罗坤再也忍不住,只觉两股热乎乎的东西顺着鼻梁两边流下来,嘴角里感到了咸腥的味道。这话说得多好啊!这不就是罗坤心里的话吗?他真想抱住这个可爱的后生亲一亲!他跳下车子,拉住大顺的手:"俺娃,说的对!"

"我回去要先找虎儿哩!他不理我,我偏寻他!"小伙子说,"我们的仇不能再记下去!"

俩人再跨上车子,沿着枝叶茂密的白杨大路,罗坤像得了某种精神激素,六十多岁的人了,踏得车子飞快地跑,后面还带着个小伙子哩。

可以看见罗村的房屋和树木了。

五

罗坤推着自行车,和大顺并肩走进村子的时候,街巷里,这儿一堆人,那儿一堆人,议论纷纷,气氛异常,大队办公室外,人围得一大伙。路过办公室的时候,有人把他叫去了。

办公室里,坐着大队委员会的主要干部,还有派出所所长老姜和两个民警。空气紧张。大队长清发须毛直竖,正在发言:"我的意见,坚决不同意!这样弄的结果,给平反后工作的同志打击太大!他爸含冤十年……"

罗坤明白了,他瞥了一眼清发,说:"同志,法就是法,那不认人,也不照顾谁的情绪!"

罗清发气恼地打住话,把头拧到一边。

罗坤对姜所长说:"按法律办!那不是打击,是支持我工作!"

姜所长告诉罗坤,经上级公安部门批准,要对罗虎执行法律:行政拘留半个月。他来给大队干部打招呼,大队长清发坚持不服判处。

"执行吧,没啥可说的!"罗坤说,"法律不认人!"

民兵把罗虎带进办公室里来,小伙子立眉竖眼,直戳戳站在众人面前,毫不惧怕。直至所长拿出了拘留证,他仍然被一股气冲击着,并不害怕。

清发重重地在大腿上拍了一巴掌,把头歪到另一边,脖上青筋暴起,突突跳弹。

罗坤瞧一眼儿子,转过脸去,摸着烟袋的手,微微颤抖。

就在民警把虎儿推出门的一刹那,一直坐在墙角,瞪着眼、噘着嘴的贫协主任梦田老汉,突然立起,扑到罗坤当面,一扑踏跪了下去,哭了起来:"兄弟,我对不住你……"

罗坤赶忙拉起梦田老汉,把他按坐在板凳上。梦田老汉又扑到姜所长面前,鼻涕眼泪一起流:"所长,放了虎娃,我……哎哎哎……"

这当儿,在门口,大顺搂着虎儿的头流泪了。虎儿望着大顺头上的白纱布,眼皮耷拉下来,鼻翼在急促地扇动着。

虎儿挣脱开大顺的胳膊,转进门里,站在爸爸面前,两颗晶莹的泪珠滚了出来:"爸,我这阵儿才明白,罗村的人拥护你的道理了!"说罢,他走出门去。

六

罗村的干部们重新在办公室坐下,抽烟,没人说话,又不散去。社员们从街巷里、大路上也都围到办公室门前和窗户外。他们挤着看党支部书记罗坤,那黑黑的四方脸,那掺着一半白色的头发和胡茬,那深深的眼眶,似乎才认识他似的。

罗坤坐在那里,瞧着已经息火而略显愧色的大队长,和干部们说:

"同志们,党给我们平反,为了啥?社员会又把我们拥上台,为了啥?想想吧?合作化那阵咱罗村干部和社员中间关系怎样?即便是三年困难时期,生活困苦,咱罗村干部和群众之间关系怎样?大家心里都清白!这十多年来,罗村七扭八裂,干部和干部,社员和社员,干部和社员,这一帮和那一帮,这一派和那一派,沟沟渠渠划了多少? 这个事不解决,罗村这一摊子谁也不好收拾! 想发展生产吗? 想实现机械化吗? 难! 人的心不是操在正事上,劲儿不是鼓在生产上,都花到勾心斗角、你防备我我怀疑你上头去了嘛!

"同志们,我们罗村的内伤不轻! 我想,做过错事的人会慢慢接受教训的,我们挨过整的人把心思放远点,不要把这种仇气,再传到咱们后代的心里去!

"罗村能有今天,不容易! 咱们能有今天,不容易! 我六十多了,将来给后辈交班的时候,不光光给一个富足的罗村,更该交给他们一个团结的罗村……"

办公室门里门外,屏声静气,好多人,干部和社员,男人和女人,眼里蓬着泪花,那晶莹的热泪下,透着希望,透着信任……

1979 年 5 月小寨

霞光灿烂的早晨

不管夜里睡得多么迟,饲养员恒老八准定在五点钟醒来。醒来了,就拌草添料,赶天明喂完一天里的第一槽草料,好让牲畜去上套。

他醒来了,屋子里很黑。往常,饲养室里的电灯是彻夜不熄的,半夜里停电了吗?屋里静极了,耳边没有了缰绳的铁链撞击水泥槽帮的声响,没有了骡马踢踏的骚动声音,也没有牛们倒嚼时磨牙的声音。炕的那一头,喂牛的伙伴杨三打雷一样的鼾声也没有了,只有储藏麦草的木楼上,传来老鼠窸窸窣窣的响动。

唔!恒老八坐起来的时候,猛乍想起,昨日后响,队里已经把牲畜包养到户了。那两槽骡马牛驴,现在已经分散到社员家里去饲养了。噢噢噢!他昨晚睡在这里,是队长派他看守一时来不及挪走的农具、草料和杂物,怕被谁夜里偷了去。

八老汉拉亮电灯,站在槽前。曾经是牛拥马挤的牲畜圈里,空荡荡的。被牛马的嘴头和舌头舔磨得溜光的水泥槽底,残留着牲畜啃剩的麦草和谷秆。圈里的粪便,冻得邦邦硬,水缸里结着一层麻麻花花的薄冰。

忙着爬起来干什么呢?窗外很黑,隐隐传来一声鸡啼,还可以再睡一大觉呢。屋里没有再生火,很冷。他又钻进被窝,拉灭电灯,和衣躺着。合上眼睛,却怎么也不能再次入睡……

编上了号码的纸块儿,盖着队长的私人印章,揉成一团,搀杂在许多空白纸块揉成的纸团当中,一同放到碗里,摇啊搅啊。队长端着碗,走到每一个农户的户主面前,由他们随意拣出一只来……抓到空白纸团的人,大声叹息,甚至咒骂自己运气不好,手太臭了!而抓到实心纸团的人,立即挤开众人,奔到槽头去对着号码拉牲

畜。一头牛,一头骡,又一匹马,从门里牵出来了,从秋天堆放青草的场地上走过去,沿着下坡的小路,走进村子里去了

队里给牲畜核了价,价钱比牲畜交易市场的行情低得多了,而且是三年还清。这样的美事,谁不想抓到手一匹马,哪怕是一头牛哩!恒老八爱牛,要是能抓到一头母牛,明年生得一头牛犊,三年之后,白赚一头牛了,唉唉,可惜!可惜自己抓到手的,是一只既不见号码,也不见队长印章的空白纸团……

不知从哪个朝代传留下来抓阄的妙法,一直是杨庄老队长处理短缺物资的唯一法宝。过去,队里母猪生了崽,抓阄。上级偶尔分配来自行车、缝纫机或者木材,抓阄。分自留地、责任田,抓阄。十年不遇的一个招工名额,仍然抓阄。公道不公道,只有阄知道。许多争执不下的纷扰,都可以得到权威的解决。老好人当队长,为了避免挨骂和受气,抓阄帮了忙。虽然没能得到一头牲畜,恒老八不怨队长。队长本人也没抓上嘛!

"老八,你今晚……在饲养室再睡一夜。"分完牲畜,队长说。

"还睡这儿做啥?"恒老八瞅着牛去棚空的饲养棚。

"看守财产。"

"你另派人吧!"老八忽然想到,在没有牲畜的饲养室里,夜间睡下会是怎样的滋味儿哩!

"你的铺盖还在。省得旁人麻烦……"

吃罢晚饭,老八像往常一样,在朦朦的星光下,顺着那条小路走到远离村庄的饲养场。他坐在炕头,一锅连一锅抽旱烟,希望有人来这儿说说闲话,直到他脱衣落枕,也没有一个人来叩门。往昔里,饲养室是村里的闲话站。只有伙伴杨三的儿子匆匆进来,取走了他老子的被卷,一步不停地转身走了。杨三抓到手一头好牛,此刻肯定在屋里忙着收拾棚圈和草料,经管他的宝贝牲畜哩!

杨三抓到的那头牛,是本地母牛和纯种秦川公牛配育的,骨架大,粗腿短脖颈,独个拉一具大犁……八老汉早在心里祈愿,要是能抓到这头母牛就好了,可惜……这牛到了杨三家里,准定上膘,明年准定生出一头小牛犊。人家的小院里,该是怎样一种生气勃勃的气派……他嫉妒起杨三来了。

满打满算,杨三不过只喂了两年牲畜,却抓了一头好牛。杨恒老汉整整喂了十九年牲畜了。"瓜菜代"那年,队里牲畜死过大半,为了保住剩下的那七八头,队长私自分到社员家保养。养是养好了,上级来人却不准分,立时叫合槽。大伙一致推选他当饲养员。经过干部社员的商议,为了给塬坡上的田地施肥方便,咬着牙把饲养场从村里搬迁到坡上来了。

从新盖起的饲养场到小小的杨庄,有两华里坡路。青草萋萋的地塄上,他踩踏出一条窄窄的小路;阴雨把小路泡软了,一脚一摊稀泥;风儿又把小路吹干了,变硬了,脚窝又被踩平了。日日夜夜,牛马嚼草的声音,像音乐一样和谐悦耳;牛马的粪便和草料混合的气味灌进鼻孔,渗透进衣裤的布眼儿……

这样的生活今天完结啰!从明天开始,他就要在自个的责任田里劳作了;晚上嘛,和贤明的老伴钻进一条被筒,脚打蹬睡觉啰!整整十九年来,他睡在塬坡上的这间饲养棚里,夏天就睡在门外的平场上,常常听见山坡沟壑里狼和狐狸的叫声。想起来,他自觉尚无对不起众社员的地方。集合起来的那七八头牲畜,变成了现在的二十头,卖掉的骡驹和牛犊,已经记不清了。可惜!没有抓到一头……

挂在木格窗户上的稻草帘子的缝隙里,透出一缕缕微微的亮光。山野里传来一声声沉重的哼哧声,伴和着车轮的吱吱响,响到屋后的小路上来了。谁这样早就起来干活呢?家伙!

一听见别人干活,恒老八躺不住了。他拉亮电灯,溜下炕来,一边结着腰里的布带,一边走到门口。他拉开门闩,一股初冬的寒风迎面扑来,打个寒颤,走出门来,场地上摊开的草巴巴上结着一层霜。地塄上的榆树和椿树,落光了叶子的枝桠上,也结着一层厚厚的白霜。灰白的雾气,弥漫在坡坡沟沟上空,望不见村庄里高过屋脊的树梢,从村庄通到塬坡上来的小路上,有人弓着腰,推着独轮小车,前头有婆娘或女儿肩头挂着绳拽着。那是杨云山嘛!狗东西,杨庄第一号懒民,混工分专家,刚一包产到户,天不明就推粪上坡了,勤人倒不显眼,懒民比一般庄稼人还积极了。好!

八老汉鄙夷地瞅着,直到懒民和他的婆娘拐进一台梯田里。他想笑骂那小子几句,想想又没有开口。懒民在任何人当队长的时候,都能挣得全队的头份工分,而出力是最少的;懒民最红火的年月,是乡村里兴起凭唱歌跳舞定工分那阵儿……好!一包产到户,懒民再也打不到混工分的空隙了!看吧,那小子真干起来,浑身都是劲哩!既然懒民都赶紧给责任田施冬肥,恒老八这样的正经庄稼人还停得住么?回,赶紧回去。"冬上金,腊上银,正月上粪是哄人"。要是捂下一场雪来,粪土就不好进地了。

恒老八返身走回屋里,把被子卷起,挟在腋下,走过火炕和槽帮之间狭窄的过道,在尽了最后一夜看守饲养室的义务之后,就要做永久性的告别了。回头一望,地上撒满草屑,以及昨日后晌抓阄分牲畜时众人脚下带来的泥土,扔掉的纸块,叫人感觉太不舒服了。老汉转过身,把被子扔到炕上,捞起墙角的竹条长柄扫帚,把牲畜槽里剩下的草巴巴扫刷干净,然后从西头扫起,一直扫到门口。他放下扫帚,又捞起铁锨,想把这一堆脏土铲出去。刚弯下腰,肩膀猛地受到重重的撞击,铁锨掉在地上了——一匹红马,扬着头,奔进门来,闯到圈里去了。

恒老八呆呆地站在原地,盯着红马闯进圈里,端直跑到往常拴它的三号槽位,把头伸进槽道里,左右摇摆,寻找草料,打着响鼻,又猛地扬起头来,看着老八,大约是抱怨他为啥不给它添草拌料?

老汉鼻腔里酸渍渍的,挪不开脚,呆呆地站着。红马失望地从圈里蹓跶出来,蹄下拖着缰绳,站在老八跟前,用毛茸茸的头抵他的肩膀,用温热的嘴头拱老八的手,四蹄在地上撒娇似的踢踏。

八老汉瞧瞧红马宽阔的面颊,慢慢弯下腰,拾起拖在地上的缰绳,悄悄抹掉了已经涌出眼眶的泪水。这匹红马出生时,死了老马,是他用自家的山羊奶喂大的(队里决定每天给他五角钱羊奶的报酬)。这匹母马,已经给杨庄生产队生过三头骡驹了。

"哈呀,我料定它在这儿!"

八老汉一抬头,红马的主人杨大海正从门口走进来,笑着说。

"整整踢腾了一夜。嘿呀呀!闹得我一夜不敢合眼。好八叔哩,你想嘛,八百块,我能睡得着吗?"杨大海咧着大嘴,感慨地叙说,"天明时,我给它喂过一瓢料,安定下来,我才躺下。娃娃上学一开街门,它一下挣断缰绳,端直往这儿跑!"

"唔!"恒老八一听,心里又涌起一股酸渍渍的东西,支吾着。红马大约还不习惯在大海家窄小的住室里过日月吧,马是很重感情的哩!

杨大海表示亲近地抚摸一下红马披在脖颈上的鬃毛。红马警惕地一摆头,拒绝大海动手动脚。大海哈哈一笑,说:"它亲你哩!八叔。"

"给马喂好些,慢慢就习惯咧!"恒老八把缰绳交到大海手里说,"回吧!"

"唉!要是我能抓到一头牛就好咧!"大海接住缰绳惋惜地说,"'八百块'拴在圈里,出门一步都担心。人说务马如绣花。把我的手脚捆住了,出不了门咧!女人家喂牛还凑合,高脚货难服侍……"

话是实话。八老汉信大海的话。大海是个木匠,常年在外村盖房做活,多不在家,屋里一个女人,要养一匹马,也是够呛的。万一照顾不周到,损失不是三块两块。

"要是你能抓到这红马,那就好哩。你一年四季不出门,又是牲畜通。一年务得一匹小驹儿,啥收入?"大海说,"却偏偏又抓到我手里。"

假话!八老汉在心里肯定。昨天大海一抓到红马,连停一步也不停,拉回屋去了。他即使真不想养,怕耽搁了他盖房挣钱的门路,也不会把马转让给别人的。敢说像红马这样的头等牲畜,一上市,准保卖过千二,净捞四百,大海是笨人吗?

"那……你转让老叔养吧!"老八故意试探一下精明的大海,"咋样?"

"嘿嘿嘿嘿嘿!"大海笑起来,不说话了,半晌才支吾说,"暂时先凑合着。嘿嘿嘿嘿嘿……"

"快走吧,咱俩都忙。"

看着大海拉着红马,走出门,呵斥着趔趔趄趄的红马,下了坡,他反过身,咣当一声锁上门,夹着被卷,走出饲养场的大院了。

天明了,初冬清晨常有的灰雾似乎更浓了。从村庄通塬坡梯田的土路上,男男女女,已经穿梭般往来着推车挑担的社员。土地下户,闲了干部。不用打铃不用催,你看一个个男女腿脚上那一股疯劲儿!

恒老八下了坡,刚到村口,老伴迎面走来:"你不看看,人家都给麦地上粪哩,你倒好,睡到这时光!"

"咱也上嘛!"老八说,"回去就干。"

老伴是贤明的,也不再多舌,转身就走。

"八叔——"玉琴跑着喊着,挡在当面,"我那头黄牛,不吃草咧。你去给看看——"

恒老八瞧着玉琴散乱的头发,惊慌的神色,心软了。男人在县供销社工作,她和婆婆拖着俩娃娃,还好强地要养牛。三十出头的中年媳妇,大约从来也没喂过牲口哩!现在却养牛。

不等老八开口,八婶转过身来:"各家种各家的地,过各家的日月了。他给你家去看牛病,谁给他记工分?"

"你这人——"老八瞪起眼,盯着老伴,这样薄情寡义的话,居然能说得出口来,还说她贤明哩!

"好八婶哩!八叔给牛看病,耽搁下工夫,我——"玉琴难为地说,"我哪怕给您老纳鞋底儿——顶工哩!"

"净胡说!"老八摇头摆手,"话说到哪里去了。"

"嗨呀!我说笑话嘛!"八婶勉强笑笑,算是圆了场,转身走了。

在一明两暗的三间大房中间的明间里,过去是招待来客的地方,现在拴着大黄牛,草料临时搅拌在淘洗粮食的木盆里,地上堆着黄牛的屎尿。

玉琴的婆婆站在院里,慌慌乱乱地向老八抱怨儿媳妇:"我说咱家里没男劳力,养不成牛。铡草起圈,黑天半夜拌草,你一个屋里家,咋样顾揽得起!玉琴偏不听,非要抓阄不可。你看看,现时弄得牛要麻达……"

"你先甭嘟囔我,让八叔给牛看看。"

玉琴顶撞婆婆,"你儿子要是一月能挣回七八十,我才不爱受这麻烦哩!"

老婆婆噘着嘴,站在一边不吭了。

玉琴的男人在县供销社工作,挣得四五十块钱。屋里老的老,小的小,年年透支一百多,这个好强的媳妇,在家养猪养鸡,上工挣分,比个男人还吃得苦。看着别人都抢着抓阄,她知道牛马价钱比市场上便宜,也抓,一抓就抓了一头黄牛。八叔很赞成这个泼辣勤苦的年轻媳妇。他不好参与婆媳俩的争执,径自走到黄牛跟前去了。

老八一把抓住牛鼻栓,一手拉出牛舌头来,看看颜色,放开了,又捏一捏牛肚子,摸摸耳朵,转过身来,那婆媳二人愣愣地站在那里,大气不出。他从腰里摸出一只布夹,抽下一支三棱针,抓住牛耳朵,放了血,命令道:"取两只烂鞋底,点一堆火。"

老八接过玉琴递来的鞋底儿,在老人点燃的麦秸火上烤着,直到烤得鞋底热烫,再按到黄牛肚皮上,来回搓揉。

"你照我的办法,就这样熨搓。"老八叮嘱玉琴说,"到吃早饭时,我再过来看看,好了就好了,不行的话,再拉到兽医站去。"

"你甭走,八叔——"玉琴担心地说,"我怕——"

"甭怕。没事。"老八笑笑,宽解地说,"牛夜里受了点凉气,没大病。往后把屋子收拾严点。"

"没事就好。老八,甭走!"老婆婆已经端着一只碗从灶房走来了,"你吃点。"

"啥话嘛!"老八一瞅递到胸前来的碗里,沉着三个荷包蛋,大声谢绝。他在饲养室里多少次治好牛马的小伤小病,也就是那么回事了。给社员的牲畜小施手术,就受到这样的款待,真是叫八老汉感慨系之。他大声说,"给娃娃吃!我一个老汉,吃鸡蛋做啥?"

婆媳二人,挽留不住,左右两边厮跟着,说着感恩戴德的话,送到门口。八老汉受到这样诚心实意的送行,反倒觉得别别扭扭,刚一出街门,头也不回,只摆摆手,大步走了。

恒老八倒背双手,在杨庄街道里走着。走到杨社娃庄院门口,他看见社娃年近七十的老子杨大老汉,正挑着一副担笼从门里出来。没良心的杨社娃把孤独一人的老子扔在老屋里,领着婆娘和儿子住到新盖的三间新房里来,两年多了,不给老汉一分零用钱,气得老汉到公社去告状。杨大老汉怎么在儿子的新房里出出进进呢?他不是在杨庄街道里大声嘲骂过儿子是"杂种货"吗?

杨大扔下担笼,向老八招手。

"你看狗日鬼不鬼!"杨大说,"昨日后晌抓到一头牛,不等天黑就跑过去,把我拉过来,要我跟他一起过活!"

"唔呀!"老八真是意料不到。

"想叫咱给他当马夫!"老大一针见血指出,"你当那小子良心发现咧?鬼!"

"那你为啥要过来呢?"老八笑问。

"唉!总是咱的种嘛!"老大粗鲁地说,"看着他不会服侍牲畜,咱心里也过不去。再说,娃低头认错了,那婆娘也……唉,和儿女治的啥气嘛!"

"对对对!"老八附和说,"总是亲生骨肉哩!"

"他图得有人管牲畜,我图得能吃一口热饭。"老大说,"混到死算咧!"

老大的口气是舒悦的,老八听得出,看得到,这可真是杨庄的一桩新闻哩!人都争着干哩,老八感到一种不寻常的气氛在杨庄村巷里浮动。

"刚才,公社郑书记在门口碰见我,问你哩!"老大说,"说不定现时正在你屋等你。"

"郑书记?找我做啥?"老八说,"现在还有啥公事哩?"

老八磕了烟灰,朝村子西头走,老远就看见郑书记站在自家门口的粪堆前,帮老伴敲碎冻结的粪疙瘩,还笑着说着什么。作为模范饲养员,郑书记给他戴过花,发过奖状,现在还贴在屋里正面墙上。现在,土地分户种了,牲畜分户养了,郑书记到村里来,还有啥事可干呢?

"老杨,听大海说,你见了红马,还落了泪?"郑书记哈哈笑着,"是吗?"

老八咧着嘴,不好意思地笑笑。

"我信哩!你为那些四条腿熬费过心血,有感情哩!"郑书记蹲下来,掏出烟袋,"我倒是想,你们杨庄不分牲畜行不行?已经分槽的那些队,有利也有弊。好处是人人都经管得用心了,牲畜肯定能养好。不利的是,家家都添了许多麻烦,特别是没男劳力的家庭,不养牲畜,地不好种;养吧,很费事劳神哩!我倒是想在杨庄试一试,牲畜集体养,是否更好些?这儿,有你这个老模范,其他队比不得。"

"已经分了。"老八说,"分了好。"

"我来迟了一步。"郑书记说,"算了。"

"土地下了户,牲畜不分不行咧!"老八说,"用起来不好分配。"

他给郑书记举出一桩事例来——

去年,队里抽出两犋牲畜给社员种自留地。轮到杨串串的时候,那家伙天不明拉走牲畜,直到半晌午还不见送回来,急得八老汉赶到地里,天爷呀,老黄牛累得躺在犁沟里爬不起来,杨串串手里抡着鞭子,牛身上暴起一道道鞭子抽击后的肉梁,嘴里吊着一尺长的涎沫,浑身湿透。

"你想想,现在土地下了户,家家户户地更多了。不分行不行?"老八叙说了这件使他伤心的事,慨然告诉郑书记,"前日,队长征求我的意见,问牲畜分不分?我说分,坚决分;分了自家都知道爱惜牲畜。要不,扯皮闹仗的事才多哩!"

郑书记点点头,表示同意老八的意见:"这是各队分牲畜的主要原因。"

"问题是,现在好多三十来岁的年轻社员不会喂牲畜,特别是高脚货(骡马)。"郑书记又说,"问题很普遍。我今日来,想请你到咱公社广播站,讲讲牛马经。"

"我说不了话……"老八着实慌了。

"好多人要求请你讲哩!"郑书记说,"我还想办业余农校哩!土地包产到户,社员要求科学种田心切!往常,挣不操心的工分,糊里糊涂种庄稼,土地一分到户,好多年轻人连苗子的稀稠都搞不准,甭说高产了。"

"倒是实话!"老八说。

"我还得找队长,要帮社员安排好牲畜棚圈,不能一分就不管了。"郑书记说,"一言为定,明天晚上到公社来,我在广播站等你。讲一小时两块,按教授级付款!"

太阳已经升到碧蓝的天际,雾气已经散尽,冬日的阳光,温暖灿烂,街道里的柴火堆,一家一户的土打围墙,红的或蓝的房瓦,光秃秃的树枝,都沐浴在一片灿烂的晨光里。

"跟你商量一件事。"走进房,恒老八蹲在灶锅跟前,对着扑出灶膛的火焰点着旱烟,给老伴说,"咱得买牛。"

"钱呢?"老伴停住了拉风箱的手。

"不是有嘛!"

"那是给娃结婚用的。"

"缓半年。"老八说,"先买牛。庄稼人不养牛,抓摸啥呢?"

"那得一疙瘩钱哩!"

"暂时紧一紧。一年务育一头牛犊,两年就翻身了。现时处处包产到户,牛价月月涨。"老八说,"放心,我没旁的本事,喂牛嘛,嗨嗨……"

老伴从灶下站起,揭开锅盖,端出一碗荷包蛋,放到老八面前,五十多岁的老妇人,居然嗔声媚气地说:

"吃吧,吃得精神大了,再满村跑着去给人家看牛看马……"

老八却像小孩一样笑眯了眼睛。

      1982 年 5 月 15 日改定于延安

桥

一

夜里落了一层雪,天明时又放晴了,一片乌蓝的天。雪下得太少了,比龙霜厚不了多少,勉强蒙住了地面、道路、河堤、沙滩,冻得僵硬的麦叶露在薄薄的雪被上面,芜芜杂杂的。河岸边的杨树和柳树的枝条也冻僵了,在清晨凛冽的寒风中抖抖索索地颤。寒冷而又干旱的北方,隆冬时节的清晨,常常就是这种景象。

河水小到不能再小,再小就不能称其为河了,再小就该断流了。河滩显得格外开阔,裸露的沙滩和密密实实的河卵石,现在都蒙上一指厚的薄雪,显得柔气了。一弯细流,在沙滩上恣意流淌,曲曲弯弯,时宽时窄,时紧时慢,淌出一条人工难以描摹的曲线。水是蓝极了,也清极了;到狭窄的水道上流得紧了,在河石上就撞击了水花;撞起的一串串水花,变成了水晶似的透亮,落下水里时,又是蓝色了。

河面上有一座小桥,木板搭成的。河心里栽着一只四条腿的木马架,往南搭一块木板,往北搭一块木板,南边的木板够不到岸上,又在浅水里摞着两只装满沙子的稻草袋子,木板就搭在沙袋上,往南再搭一小块木板,接到南岸的沙滩上,一只木马架,两长一短三块木板,架通了小河,勾连起南岸和北岸被河水阻断的交通。对于小河两岸的人来说,这座小木板桥比南京长江大桥重要得多,实用得多。

二尺宽的桥板上,也落了一层雪。一位中年男人,手握一把稻黍笤帚,弯着腰,一下一下扫着,雪粒纷纷落进桥下的水里。他扫得认真,扫得踏实,扫得木板上不留一星雪粒,干干净净。他从南岸扫到北岸,丢下笤帚,双手抓住木板,摇摇,再摇摇,直到断定它两头都搭得稳当,才放心地松了手,提起笤帚又走回南岸来。照样,把南岸一长一短的两块木板也摇一摇,终于查看出那块短板的一头不大稳当,他用脚踢下一块冻结的沙滩上的石头,支到木板下,木板稳实了。

他拍搓一下手指,从破旧的草绿色军大衣里摸出一根纸烟,划着火柴,双手捂着小小的火苗儿,点着了,一股蓝色的烟气在他眼前飘散。看看再无事可做,他叼起烟卷,双手插进油渍渍的大衣袖筒里,在桥头的沙地上踱步,停下来脚冻哇!

天色大亮了,乌蓝的天变得蓝格茵茵的了,昨夜那一场小雪,把多日来弥漫的雾气凝结了,降到地面来,天空晴朗洁净,太阳该出山了。

河北岸,堤坝上冒出一个戴着栽绒帽子的脑袋。那人好阔气,穿一件乡间少见的灰色呢大衣,推着一辆自行车,走下河堤斜坡,急急地走过沙滩,踏上木板桥了,小心地推着车子,谨慎地挪着双脚。他猜断,这肯定是一位在西安干事儿的乡里人,派头不小,一定当着什么官儿。那人终于走过小桥,跨上南岸的沙地,轻轻舒了一口气,便推动车子,准备跨上车子赶路。

"慢——"他上前两步,站在自行车轱辘前头。

那人扬起头,脸颊皮肤细柔,眼目和善,然而不无惊疑,问:"做什么?"

"往这儿瞅——"他从袖筒里抽出右手,不慌不忙,指着桥头的旁侧,那儿立着一块木牌,不大,用毛笔写着很醒目的一行字:过桥交费壹毛。

那人一看,和善的眼睛立时变得不大和善了,泛起一缕愠怒之色:"过河……怎么还要钱?"

"过河不要钱。过桥要钱。你过的是桥。"他纠正那人语言上的混淆部分,把该强调的关键性词汇强调了一下,语气却平平静静,甚至和颜悦色,耐心十足。

"几辈子过桥也没要过钱!"那人说。

"是啊!几辈子没要过,今辈子可要哩!"他仍然不急不躁,"老黄历用不上啰!"

那人脸上又泛出不屑于纠缠的鄙夷神色,想说什么而终于没有再张口,缓缓地抬起手,从呢大衣的口袋里摸出一毛票儿,塞到他手里时却带着一股劲儿,鼻腔里"哼"了一下,跨上车子走了。

见得多了!掏一毛钱,就损失掉一毛钱了,凡是掏腰包的人,大都是这种模样,这号神气。他经得多了,不生气也不在乎。他回过头,看见两个推着独轮小车的人走上木板桥。

独轮小车推过来了,推车的是个小伙子,车上装着两扇冻成冰碴的猪肉。后面跟着一位老汉,胳膊上挂着秤杆。这两位大约是爷儿俩,一早过河来,赶到南工地去卖猪肉的。村子南边,沿着山根,有一家大工厂,居住着几千名工人和他们的家属,门前那条宽阔的水泥路两边,形成了一个农贸市场。工厂兴建之初,称作南工地,工厂建成二十多年了,当地村民仍然习惯称呼南工地而不习惯叫×××号信箱。

小伙子推着独轮小车,下了桥,一步不停,反倒加快脚步了。提秤杆的老汉,也匆匆跟上去,似乎谁也没看见桥头插着的那块牌子。

"交费。"他喊。

推车的小伙子仍然不答话,也不停步。老汉回过头来,强装笑着:"兄弟,你看,肉还没开刀哩,没钱交喀!等卖了肉,回来时交双份。"

"不行。"他说,"现时就交清白。"

"真没钱交喀!"老汉摊开双手。

"没钱?那好办——"他走前两步,冷冷地对老汉说,"把车子推回北岸去,从河里过。"

老汉迟疑了,脸色难看了。

他紧走两步,拉住小推车的车把,对小伙子说:"交费。"

小伙子鼓圆眼睛,"夸啦"一声扔下车子,从肉扇下抽出一把尖刀来。那把刀大约刚刚捅死过一头猪,刃上尚存丝丝血迹。小伙子摆开架式,准备拼命了:"要这个不要?"

他似乎早有所料,稍微向后退开半步,并不显得惊慌,嗤笑一声,豁开军大衣,从腰里拔出一把明光锃亮的攮子,阴冷地说:"小兄弟,怕你那玩艺儿,就不守桥了!动手吧——"

许是这阴冷的气势镇住了那小伙子,他没有把尖尖的杀猪刀捅过来。短暂的僵持中,老汉飞奔过来,大惊失色,一把夺下小伙子手里的刀子,噌地一下从肉扇下削下猪尾巴,息事宁人地劝解:"兄弟!拿回去下酒吧!"

他接住了,在手里掂了掂,不少于半斤,横折竖算都绰绰有余了。他装了刀子,转身走了。背后传来小伙子一声气恨的咕哝:"比土匪还可憎!"他权当没听见,他们父子折了一个猪尾巴,当然不会彬彬有礼地辞别了。

河北岸,有一帮男女蹓蹓走来,七八个人拽拽扯扯走上桥头,从他们不寻常的穿戴看,大约是相亲的一伙男女吧?

太阳从东原上冒出来,河水红光闪闪。他把猪尾巴丢在木牌下,看好那一帮喜气洋洋的男女走过桥来……

二

他叫王林,小河南岸龟渡王村人。

搞不清汉朝还是唐代,一位太子因为继位问题而遭到兄弟的暗杀,仓皇逃出宫来,黑灯瞎火奔窜到此,眼见后面灯笼火把,紧追不舍,面对突暴的河水,捶胸顿足,欲逃无路了。他宁可溺水一死,也不愿落入兄弟之手,于是眼睛一闭,跳进河浪里去。这一跳不打紧,恰好跌落在河水里一块石头上,竟没有沉。太子清醒过来,不料那石头漂上水面,浮游起来,斜插过河面,掠过屋脊高的排浪,忽闪忽闪漂到北岸。太子跳上沙滩,大惑不解,低头细看,竟是一只碾盘大小的乌龟,正吃惊间,那乌龟已潜入水中,消失了。

这个美妙的传说,仅仅留下一个"龟渡王"的村庄名字供一代一代村民津津有味地咀嚼,再没有什么稍微实惠的遗物传留下来,想来那位后来继承了皇位的太子,也是个没良心的昏君吧?竟然不报神龟救命之恩,在这儿修一座"神龟庙"或是一座"龟渡桥",至少是应该的吧?又不会花皇帝自己的钱,百姓也可以沾沾光,然而没有。如果那位后来登极的皇子真的修建下一座桥,他就不会生出桥头收费的生财之道来了。王林在无人过桥的空闲时间里,在桥头的沙滩上踱步,常常生出些莫名其妙的想法。

王林的正经营生是在沙滩上采掘砂石,出售给城里那些建筑单位,收取过桥费不过灵机一动的临时举措。春天一到,河水没了寒渗之气,过往的人就挽起裤管涉水过河了,谁也不想交给他一毛钱了。

他三十四五年纪,正当庄稼汉身强力壮的黄金年华,生就一副强悍健壮的身坯,宽肩,细腰,长胳膊长腿,一个完全能够负载任何最粗最重的体力劳动的农民。他耕种着六七亩水旱地,那是人民公社解体时按人口均等分配给他家的口粮田,一年四季,除了秋夏两季收获和播种的繁忙季节之外,有十个月都趴在沙滩上,挖掘砂石,用铁锨把砂石抛到一个分作两层的罗网上,滤出沙子,留下两种规格的石头,然后卖给那些到河滩来拉运石头的汽车司机,这是乡村里顶笨重的一条挣钱的门路了。三九的西北风在人的手上拉开一道道裂口,三伏的毒日头又烤得人脸上和身上冒油。在河滩干这个营生的村民,大都是龟渡王村里最粗笨的人,再找不到稍微轻松一点儿的挣钱门路,就只好扛起镢头和罗网走下沙滩来,用汗水换取钞票。庄稼人总不能在家里闲吃静坐呀!

捞石头这营生还不赖!王林曾经很沉迷于这个被人瞧不上眼

的营生,那是从自家的实际出发的考虑。他要种地,平时也少不了一些需他动手的家务活儿,比如买猪崽和交售肥猪,拉粪施肥等,女人家不能胜任。这样,他出不得远门,像有些人出太原走广州贩运药材挣大钱,他不能去,显然离不开。更重要的是,那种赚钱容易而赔光烂本儿也容易,说不定上当了,被人捉弄了,要冒大风险,而他没有底本钱,赚得起十回而烂不起一回呀!他脑子不笨,然而也不是环儿眼儿很多的灵鬼。他平平常常,和龟渡王十之八九的同龄人一样,没有显出太傻或太差的差别。他觉得自己靠捞石头挣钱,顶合宜了,一天捞得一立方砂石,除过必定的税款,可以净得四块钱,除过阴雨和大雪天气,一月可以落下一百多块钱。他的女人借空也来帮忙,一天就能有更多一点的收入。对于他来说,一月有一百多块钱的进项,已经心地踏实了。

在下河滩捞石头之前一年,他给一家私营的建筑队做普工,搬砖,和水泥砂浆,拉车,每月讲定六十元。他干了仨月,头一月高高兴兴领下五十二块(缺工四天),第二个月暂欠,工头说工程完毕一次开清。到工程完工后,那个黑心的家伙连夜携款逃跑坑了王林一伙普工的工资。他们四处打听,得到的那位工头的住址全是假的,至今也摸不清他是哪里人。没有办法,他懊丧地背着被卷回到家里,第二天就下河滩捞砂石了。

我的老天爷！出笨力也招祸受骗，还有笨人捣鬼赚钱的可能吗？他经历了这一次，就对纷纷乱乱的城市生活感到深深的畏怯了。那儿没得咱挣钱的机会，河滩才是咱尽其所能的场合。

他有一个与他一样强悍的老婆，也是轻重活路不避，生冷吃食不计的皮实角色。他和她结婚的时候，曾经有过不太称心的心病，觉得她腰不是腰（太粗），脸不是脸（太胖），眼不是眼（太眯），然而还是过在一起，而且超计划生下了三女一男，沉重的生活负担已不容许他注视老婆的眉眼和腰腿的粗细了。他要挣钱，要攒钱。要积蓄尽可能多的人民币，越多越好，越快越好。土地下户耕种两三年，囤满缸流了，吃穿不愁了，可是缺钱。三个儿女都在中学和小学念书，学费成倍地增加了，儿子上了学前班，一次收费五块，而过去却是免费的。况且，女孩长大了，开始注意拣衣服的样式了，女孩比男孩更早爱好穿戴，花钱的路数多了。

他要挣钱攒钱。他要自己的女儿在学校里穿得体面。他心里还谋划着一桩更重要的大事，盖一幢砖木结构的大瓦房。想到在自家窄小破烂的厦屋院里，撑起三间青砖红瓦的大瓦房，那是怎样令人鼓舞的事啊！什么时候一想起来，就不由得攥紧镢头和铁锨的把柄，刨哇！铲哇！抛起的砂石撞击得铁丝罗网唰唰响。那镢头和铁锨的木把儿上，被他粗糙的手指攥磨得变细了，溜光了。

他的女人，扭着油葫芦似的粗腰，撅着皮鼓似的屁股，和他对面忙活在一张罗网前，挖啊刨啊，手背上摞着一道道被冷风冻裂的口子。他觉得这个皮实的女人可爱极了，比电影上那些粉脸细腰的女人实惠得多。他们起早贪黑干了一年，夫妻双方走进桑树镇的银行分行，才有了那个浸润着两口子臭汗的储蓄本本。又一年，他们在那个小小的储蓄本上再添上了一笔。再干一年，就可以动手盖置新房了！一幢新瓦房，掐紧算计也少不得三千多元哪！

就在他和女人撅着屁股发疯使狠挖砂石的时候，多少忽视了龟渡王村里发生的种种变化。

春节过罢，阳气回升，好多户庄稼人破土动工盖置新房子。破第一镢土和上梁的鞭炮声隔三错五地爆响起来，传到河来，那热烈而喜庆的"噼啪"声，撩拨得中年汉子王林的心里痒痒的，随风弥漫到沙滩里来的幽香的火药气味，刺激着他的鼻膜。终于有一天，当他从河滩里走回村子，惊奇地发现，村子西头高高竖起一幢两层平顶洋楼。再几天，村子当中也冒起一座两层楼房来。又过了几天，一座瓦顶的两层楼房又出现在村子的东头。一月时间里，龟渡王村比赛摆阔似的相继竖起三幢二层楼房，高高地超出在一片低矮的庄稼院的老式旧屋上空，格外惹人眼目。

王林手攥铁锨，在罗网上用功夫，眼睛瞪得鼓鼓圆，不时地在自己心里打问：靠自己这样笨拙地挣钱，要撑起那样一幢两层洋楼来，少说也得十年哪！他开始怀疑自己的挣钱方式是不是太笨拙，太缓慢了？

太笨了，也太慢了！和沙滩上那些同样淘沙滤石的人比起来，他可能比他们还要多挣一点，因为他比他们更壮实，起得更早也歇得最晚。然而，与村子里那三幢新式楼房的主人比起来，就不仅使人丧气，简直使他嫉妒了，尤其是在他星星点点听到人们关于三户楼屋主人光彩与不光彩的发财的传闻之后，他简直妒火中烧了。

他皱紧眉头，坐在罗网前，抽得烟锅吱啦啦响，心里发狠地想着，谋算着，发誓要找到一个挣钱多而又省力气的生财之道来。想啊谋啊！终于把眼睛死死地盯到闪闪波动着的小河河水里了。

一场西北风，把河川里杨树和柳树残存的黄叶扫荡干净了，河边的水潭里结下一层薄薄的麻冰，人们无法赤足下水了。王林早就等待这一场西北风似的，把早已准备停当的四腿马架和三块木板装上架子车，拉到小河边上来。他脱下棉裤，让热乎乎的双腿在冷风里做适应性准备，仰起脖子，把半瓶价廉的劣质烧酒灌下喉咙，就扛起马架下到刺骨钻心的河水里，架起一座稳稳实实的独木桥来……

三

太阳升起在东原平顶上空碧蓝的天际,该是乡村人吃早饭的时候了。过往木桥的人稀少了,那些急急忙忙赶到城里去上班的工人和进城做工的农民,此刻早已在自己的岗位上开始工作了,把一毛钱的过桥费忘到脑后去了。那些赶到南工地农贸市场的男人和女人,此刻大约正在撕破喉咙招唤买主,出售自己的蔬菜、猪羊鲜肉和鸡蛋。没有关系,小小一毛钱的过桥费,他们稍须掐一下秤杆儿就盈回腰包了。他们大约要到午后才能交易完毕,然后走回小河来,再交给他一毛过桥费,走回北岸的某个村庄去。

他的老婆来了,手里提着竹篮和热水瓶。他揭开竹篮的布巾,取出一只瓷盘,盘里盛着冒尖的炒鸡蛋,焦黄油亮。他不由得瞪起眼来:"炒鸡蛋做啥?"

"河道里冷呀!"她说,"身体也要紧。"

她心疼他。虽然这情分使他不无感动,却毕竟消耗了几个鸡蛋。须知现时正当淡季,鸡蛋卖到五个一块,盘里至少炒下四五个鸡蛋,一块钱没有了。

"反正是自家的鸡下的,又不是掏钱买的。"老婆说,"权当鸡少下了。"

反正已经把生蛋炒成熟的了,再贵再可惜也没用了。他掰开一个热馍,夹进鸡蛋,又抹上红艳艳的辣椒,大嚼起来,瞅着正在给他从水瓶里倒水的老婆。她穿着肥厚的棉裤,头上包着紫色的头巾,愈发显得浑圆粗壮了。其实,这个腰不是腰,脸不是脸的女人心肠很好,对他忠心不二,过日子扎实得滴水不漏。她给他炒下一盘鸡蛋,她自己肯定连尝也没尝过一口。

他吃着,从大衣口袋里掏出一把钱来,搁在她脚前的沙地上,尽是一毛一毛的零票儿和二分五分的镍质硬币:"整一下,拿回去。"

她蹲下身来,拣着数,把一张张揉得皱巴巴的角票儿捋平,十张一折,装进腰里,然后拣拾那些硬币。

他坐在一块河石上,瞅着她粗糙的手指笨拙地码钱的动作,不慌不忙的神态,心里挺舒服。是的,每次把自己挣回来的钱交给她,看着她专心用意数钱的神态,他心里往往就涌起一股男子汉的自豪。

"这下发财啰!"

一声又冷又重的说话声,惊得两口子同时扬起头来,面前站着他的老丈人,她的亲大。

他咽下正在咀嚼的馍馍,连忙站起,招呼老丈人说:"大!快吃馍,趁热。"

"我嫌恶心!"老丈人手一甩,眉眼里满是恶心得简直要呕吐的神色,"还有脸叫我吃!"

他愣住了,怎么回事呢?她也莫名其妙地闪眨着细眯的眼睛,有点生气地质问自己的亲大:"咋咧?大!你有话该是明说!"

"我的脸,给你们丢尽了!"老汉撅着下巴上稀稀拉拉的山羊胡须,"收过——桥——费——!哼!"

王林终于听出老丈人发火的原因了,未及他开口,她已经说了:"收过桥费又怎么了?"

"你不听人家怎么骂哩:土匪,贼娃子!八代祖宗也贴上了!"老汉捏着烟袋的手在抖,向两个晚辈人陈述,说小河北岸的人,过桥时被他女婿收了费,回去愣骂愣骂!爱钱不要脸啊!他被乡党们骂得损得受不了,唾沫星儿简直把他要淹死了。他气恨地训斥女儿和女婿,"这小河一带,自古至今,冬天搭桥,谁见过谁收费来?你们也不想想,怎么拉得下脸来?"

"有啥拉下拉不下脸的!俺们搭桥受了苦,挨了冻,贴赔了木板,旁人白过桥就要脸了吗?"她顶撞说:"谁不想掏钱,就去河里过,我们也没拉他过桥。"

他也插言劝说:"大呀!公家修条公路,还朝那些有汽车、拖拉机的主户收养路费哩!"

女儿和女婿振振有词,顶得老汉一时回不上话来,他避开女儿和女婿那些为自己遮掩强辩的道理,只管讲自己想说的话:"自古以来,这修桥补路,是积德行善的事。咱有心修桥了,自然好;没力量修桥,也就罢了;可不能……修下桥,收人家的过桥费……这是亏人短寿的缺德事儿……"

他听着丈人的话,简直要笑死了,如若不是他的老丈人,而是某个旁人来给他讲什么积德行善的陈年老话,他早就不耐烦了;唯其因为是老丈人,他才没敢笑出声来,以免冒犯。他不由得瞅一眼女人,她也正瞅他,大约也觉得她大的话太可笑了。

"大!你只管种你的地,过你的日子,甭管俺。"女人说。王林没有吭声,让她和她的亲生老子顶撞,比他出面更方便些。他用眼光鼓励她。

"你是我的女子!人家骂你祖先我脸烧!"老汉火了,"你们挣不下钱猴急了吗?我好心好言劝不下,还说我管闲事了。好呀!我今天来管就要管出个结果——!"

老汉说时,抢前两步,抓住那根写着"过桥收费壹毛"字样的木牌的立柱,噌地一下从沙窝里拔了起来,一扬手,就扔到桥边的河水里。他和她慢了一步,没有挡住,眼见着那木牌随着流水,穿过桥板,飘悠悠地流走了。现在脱鞋脱袜下河去捞,显然来不及了,眼巴巴看着木牌流走了,漂远了。

他瞅着那块飘逝的木牌,在随着流水漂流了大约五六十码远的拐弯的地方,被一块露出水面的石头架住了,停止不动了。他回过头来,老丈人不见了,再一看,唔!老丈人背着双手,已经走过小桥,踏上北岸的河堤了,那只羊皮黑烟包在屁股上抖荡。看来老丈人是专程奔来劝他们的,大约真是被旁人的闲言碎语损得招架不住了,要面子的人啊!他没有说服得下女儿女婿,愤恨地拔了牌子,气倔倔地走了。他看着老丈人渐渐远去的背影,终于没有开口挽留,一任老丈人不辞而别。

她也没有挽留自己的亲大,眼角里反而泄出一道不屑于挽留的歪气斜火,嘴里咕哝着:"大今日是怎么了?一来就发火!"

"大平日性情很好嘛!"他也觉得莫名其妙,附和妻子说,"自娶回你来,十多年了,大还没说过我一句重话哩!今日……好躁哇!"

"单是为咱们收过桥费这码小事,也不该发这大的火,失情薄意的。"她说,"大概心里还有啥不顺心的事吧?"

"难说……难说……"他说不清,沉吟半晌,才说,"好像人的脾气都坏了?一点小事就冒火……比如说今日早晨,有个家伙为交一毛钱的过桥费,居然拔出杀猪刀来……我也没客气!"

"可这是咱大呀!不比旁人……"她说。

"咱大也一样,脾气都坏了!"他说。

他说着,站起来,顺着河岸走下去,跷过露在浅水里的列石,把那块木牌从水面捞起来,又扛回桥头来。

他找到被老丈人拔掉木牌时的那个沙窝儿,把木牌立柱砍削过的尖头,重新插进沙地,再用脚把周围的虚沙踩实。她走过来,用自己穿着棉鞋的肥脚踏踩着,怕他一个人踩不结实似的。浸过水的木牌,又竖立起来啰!

四

北方的冬天,天黑得早,四点钟,太阳就压着西边塬坡的平顶了,一眨眼工夫,暮云四合了。河川里的风好冷啊!

王林缩着脖子,袖着手,在桥头的沙地上踱步,只有遇见要过桥的人,他才站住,伸出手,接过一毛票儿,塞进口袋,便又袖起手,踱起步来。

他的心里憋闷又别扭,想发牢骚,甚至想骂人。他的老丈人不问青红皂白,劈头盖脸熊了他一顿,骂了他一场,拔掉那个木牌扔到水里,然后一甩手走掉了。他是他的岳父大人,倚老卖老,使他开不得口,咬着牙任他奚落,真是窝囊得跟龟孙一样。更重要的是,老岳丈把小河北岸那些村子的闲言碎语传递到他的耳朵里来了,传进来就出不去了,窝在他的心里。

王林有一种直感,小河两岸的人都成了他的敌人!他们很不痛快地交给他一毛钱,他们把一毛钱的经济损失用尽可能恶毒的咒骂兑换回去了。他虽然明知那些交过钱的人会骂他,终究没有当面骂,耳不听心不烦。老丈人直接传递到他耳中的那些难听话,一下子搅乱了他的心,破坏了他的情绪,烦躁而又气恨,却又无处发泄。

一个倒霉鬼自投罗网来了。

来人叫王文涛,龟渡王村人,王林自小的同年伙伴。现在呢?实话说……不过是个乡政府跑腿的小干事。天要黑了,他到河北岸做什么?该不该收他一毛钱的过桥费?

收!王林断然决定,照收不误。收他一毛钱,叫他摆那种大人物的架势去。

"王林哥,恭喜发财!"王文涛嘻嘻笑着打招呼,走到他跟前,却不急于过桥,从口袋里掏出烟来,抽出一支递给他,自己也叼上一枝,打起火来。

王林从王文涛手里接过烟,又在他的打火机上点着了。这一瞬间,王林突然改变主意,算了,不收那一毛钱了,人家奉献给自己一根上好的"金丝猴",再难开口伸手要钱了。

王文涛点着烟,还不见上桥,叉开双腿,一只手塞进裤兜里,一只手捻着烟卷,怨怨艾艾地开口说:"王林哥,你发财,让我坐蜡!你真……没良心呀!"

"你当你的乡干部,我当我的农民。咱俩不相干!我碍着你什么路了?"王林嘲笑说。

"是啊!咱俩本来谁也没碍过谁。想不到哇——"他从口袋里掏出一只信封,递上来,眼里滑过一缕难为情的神色,"你先看看这封信吧!"

王林好奇地接过信封,竟是报社的公用信封,愈加奇了,连忙掏出信瓤,从头至尾读下来。他刚读完,突然仰起脖子,扬着头,哈哈大笑起来,一脸是幸灾乐祸的神气。

在他给龟渡王村前边的小河上刚刚架起这座木板小桥的时候,王文涛给市里的报社写了一篇稿子,名叫《连心桥》,很快在报纸上刊登出来了。王文涛曾经得意地往后捋着蓄留得很长的头发,把报纸摊开在他的眼前,让他看他写下的杰作。在那篇通讯里,他生动地记述了他架桥的经过,"冒着刺骨的河水"什么的;激情洋溢地赞扬他舍己为人的崇高风格;末了归结为"富裕了的农民的精神追求"等等。现在,报社给王文涛来信追查,说有人给报社写信,反映龟渡王村有人借一座便桥,坑拐群众钱财,要他澄清《连心桥》通讯里所写的事实有无编造?是否失实?如若失实或有编造成分,就要在报纸上公开检讨。这样,王文涛觉得弄下"坐洋蜡"的麻烦事了。

"怎么办呢?"王文涛被他笑得发窘了,"你挣钱,我检讨,你还笑……"

"这怪谁呢?"王林摊开双手,悠然说,"我也没让你在报纸上表扬我,是你自个胡骚情,要写。这怪谁呢?"

"你当初要是说明要收过桥费,我当然就不会写了。"王文涛懊丧地说,"我以为你老哥思想好,风格高……怎么也想不到你是想挣钱才架的桥……"

在刚架起小桥的三五天里,王林急于卖掉他堆积在沙滩上的石头,回去种挖过红苕的责任田的小麦,又到中学里参加了一次家长会议,当他处理完这些缠手的家事,腾出身来要到桥头去收费的时候,王文涛的稿子已经上报了。这类稿子登得真快。王林当时看完报纸,送走王文涛,就扛着写着"过桥收费壹毛"的木牌走下河滩了。现在,王文涛抱怨他没有及早说明要收费的事,他更觉得可笑了,不无嘲讽地说:"你想不到吗?哈呀!你大概只想到写稿挣稿费吧!给老哥说说,你写的表扬老哥架桥的稿子,挣得多少钱?"

王文涛腾地红了脸,支吾说:"写稿嘛!主要是为党报反映情况……做党的宣传员……"

"好了好了好了!再甭自吹自夸了!再甭卖狗皮膏药了!想写稿还怕人说想挣钱,酸!"王林连连摆手,又突然梗梗脖子,"我搭桥就是想挣钱。不为挣钱,我才不'冒着刺骨的河水'搭桥哩!不为挣钱,我的这三块木板能任人踩踏吗?我想挣钱,牌子撑在桥头,明码标价,想过桥的交一毛钱;舍不得一毛票儿,那就请你脱袜挽裤下水去……老哥不像你,想挣钱还怕羞了口,丢了面子!"

"你也甭这么理直气壮,好像谁都跟你一样,干什么全都是为挣钱。"王文涛被王林损得脸红耳赤,又不甘服下这种歪理,"总不能说人都是爱钱不要脸吧?总是有很多人还是……"

"谁爱钱要脸呢?我怎么一个也没见到?"王林打断王文涛的话,赌气地说,"你为挣稿费,瞎写一通,胡吹冒撂,这回惹下麻烦了。你爱钱要脸吗?"

一个回马枪,直捣王文涛的心窝。王文涛招架不住,羞得脸皮

变得煞白色了,嘴张了几张,却回不上话来。王林似乎更加不可抑制,从一旁蹦到王文涛当面,对着他的脸,恶声恶气地说:

"就说咱们龟渡王村吧!三户盖起洋楼的阔佬儿,要脸吗?要脸能盖起洋楼吗?先说西头那家,那人在县物资局干事,管着木材、钢材和水泥的供应分配。就这么一点权力,两层楼房的楼板、砖头、门窗,全是旁人免费给送到家里。人家婆娘品麻死了,白得这些材料不说,给送来砖头、门窗的汽车司机连饭也不管,可司机们照样再送。村中间那家怎么样?男人在西安一家工厂当基建科长,把两幢家属楼应承给大塔区建筑队了。就这一句话,大塔区建筑队给人家盖起一幢二层洋楼,包工包料,一分不取。你说,这号人爱钱要脸吗?还是党员干部哩!

"只有村子东头的王成才老汉盖起的二层洋楼,是凭自己下苦挣下的。老汉一年四季,挑着饸饹担子赶集,晚上压饸饹,起早晚睡,撑起了这幢洋楼,虽说不易,比一般人还是方便。咋哩?成才老汉的女婿给公家开汽车,每回去陕北出差,顺便给老丈人拉回荞麦来,价钱便宜,又不掏运费,那运费自然摊到公家账上了。尽管这样,成才老汉还算一个爱钱要脸的。

"可你怎么写的呢?你给报上写的那篇《龟渡王村庄稼人住上了小洋楼》的文章,怎么瞎吹的呢?你听没听到咱村的下苦人怎么骂你?"

一个回马枪,又一串连珠炮,直打得王文涛有口难辩,简直招架不住,彻底败阵。他有点讨饶讨好地说:"你说的都不是空话。好老哥哩!兄弟不过是爱写点小文章,怎么管得了人家行贿受贿的事呢?"

"管不了也不能瞎吹嘛!"王林余气未消,并不宽饶,"你要是敢把他们盖洋楼的底细写出来,登到报纸上,才算本事!才算你兄弟有种!你却反给他们脸上贴金……"

王文涛的脸抽搐着十分尴尬,只是大口大口吸着烟,吐着雾,悻悻地说:"好老哥,你今日怎么了?对老弟平白无故发这大火做啥?老弟跟你差不多,也是撑不起二层小洋楼……"

王林似乎受到提醒,是的,对王文涛发这一通火,有什么必要呢?他点燃已经熄灭的纸烟,吐出一口混合着浓烟的长气。

"好老哥,你还是给老弟帮忙出主意——"王文涛友好地说,根本不计较他刚刚发过的牢骚,"你说,老弟该怎么给报社回答呢?"

"你不给他回答,他能吃了你?"王林说,"豁出来日后不写稿子了。"

王文涛苦笑着摇摇头。

"要不你就把责任全推到我头上。你就说,我当初架桥的目的就跟你写的一样,后来思想变坏了,爱钱不要脸了。"

王文涛还是摇摇头,试探着说:"老哥,我有个想法,说出来供你参考,你是不是可以停止……收过桥费?"

"门都没有!"王林一口回绝。

"是这样——"王文涛还不死心,继续说,"乡长也接到报社转来的群众来信,说让乡上调查一下坑拐钱财的事。乡长说,让我先跟你说一下,好给报社回答。让你停止收费,是乡长的意思……"

"乡长的意思也没门儿!"王林一听他传达的是乡长的话,反而更火了,"乡长自己来也没门儿。我收过桥费又不犯法。哼!乡长,乡长也是个爱钱不要脸的货!我早听人说过他不少七长八短的事了,他的爪子也是够长够残的!让他来寻找我吧!我全都端出来亮给他,叫他吃不了兜着走……"

王文涛再没吭声,铁青着脸,眼里混合着失望、为难和羞愧之色,转过身走了。

王林也不挽留,甚至连瞅他一眼也不瞅,又在河石上坐下来,盯着悠悠的流水,吸着从自己口袋里掏出的低价纸烟。

脚步声消失了。王林站起来,还是忍不住转过身,瞧着王文涛走上河堤,在秃枝光杆的柳林里缓缓走去,缩着脖子。他心里微微一动,忽然可怜起这位龟渡王村的同辈儿兄弟来了。听说他写《连心桥》时,熬了两个晚上,写了改了好几遍,不过挣下十来八块稿费,临了还要追究。他刚才损他写稿为挣钱的话,有点太过分了吧?

王文涛已经走下河堤,他看不见他的背影了。王林又转过身来,瞧着河水,心里忽然懊恼起自己来了。今日倒是怎么了?王文涛也没碍着自己什么事,为啥把人家劈头盖脸地连损带挖苦一通呢?村里那两家通过不正当手段盖小洋楼的事,又关王文涛的屁事呢?乡长爪子长指甲残又关王文涛的屁事呢?再回头一想,又关自己的屁事呢?

他颓然坐在那块石头上,对于自己刚才一反常态的失控的行为十分丧气,恼火!

一个女人抱着孩子走过来,暮色中看不清她的脸,脚步匆匆。她丢下一毛钱,就踏上小桥,小心翼翼地移动脚步,走向北岸。

他的脚前的沙地上,有一张一毛票的人民币,被冷风吹得翻了两个过儿,卡在一块石头根下了。他久久没有动手拾它。

他瞅着河水,河水上架着的桥,桥板下的洞眼反倒亮了。他忽然想哭,说不清为什么,却想放开喉咙,大声淋漓地号啕大哭几声……

　　　　　　　　　1986年6月27日于白鹿园

日　子

一

发源地周边的山势和地形,锁定了滋水向西的流向。那些初来乍到的外地人,在这条清秀的倒淌河面前,常常发生方向性迷乱。

在河堤与流水之间的沙滩上，枯干的茅草上积了一层黄土尘灰，好久好久没有降过雨了。北方早春几乎年年都是这种缺雨多尘的景象。

两架罗筛，用木制三角架撑住，斜立在掏挖出湿漉漉的砂石的大坑里。男人一把镢头一把铁锨，女人也使用一把镢头一把铁锨；男人有两只铁丝编织的铁笼和一根水担，女人也配备着两只铁丝编成的铁笼和一根水担。

铁镢用来刨挖沉积的砂石。

铁锨用来铲起刨挖松散的砂石，抛掷到罗网上。石头从罗网的正面"哗啦啦"响着滚落下来，细沙则透过罗网隔离到罗网的背面。

罗网成为男人和女人劳动成果的关键。

铁丝编织的笼筐是用来装石头的。

水担是用来挑担装着石头的铁笼的。

从罗网上筛落下来的石头堆积多了，用铁锨装进铁笼，用水担的铁钩钩住铁笼的木梁，挑在肩上，走出沙坑，倒在十余米外的干沙滩上。

男人重复着这种劳作工序。

女人也重复着这种劳作工序。

他们重复着的劳动已经十六七年了。

他们仍然劲头十足地重复着这种劳动。

从来不说风霜雨雪什么的。

干旱的冬季和早春时节的滋水是水量最稳定的季节,也是水质最清纯的季节,清纯到可以看见水底卵石上悠悠摆动的絮状水草。水流上架着一道歪歪扭扭的木桥。一个青年男子穿着军大衣在收取过桥费,每人每次五毛。

我常常走过小木桥,走到这一对刨挖着砂石的夫妇跟前。我重新回到乡下的第一天,走到滋水河边就发现了河对面的这一对夫妇。就我目力所及,上游和下游的沙滩上,支着罗网埋头这种劳作的再没有第二个人了。

在我的这一岸的右边河湾里,有一家机械采石场,悬空的输送带上倾泻着石头,发出震耳挠心的响声。

沙坑里,有一个大号热水瓶,红色塑料皮已经褪色,一只多处脱落了搪瓷的搪瓷缸子。

二

早春中午的太阳已见热力,晒得人脸上烫烫的,却很舒服。

"你该到城里找个营生干,"我说,"你是高中生,该当……"

"找过。也干过。干不成。"男人说。

"一家干不成,再换一家嘛!"我说。

"换过不下五家主儿,还是干不成。"女人说。

"工作不合适?没找到合适的?"我问。

"有的干了不给钱,白干了。有的把人当狗使,喝来喝去没个正性。受不了啊!"他说。

"那是个硬熊。想挣人家钱,还不受人家白眼。"她说。

"不是硬熊软熊的事。出力挣钱又不是吃舍饭。"他说。

"凭这话,老陈就能听出来你是个硬熊。"女人说,"他爷是个硬熊。他爸是个硬熊。他还是个不会拐弯的硬熊——种系的事。"

"中国现时啥都不缺,就缺硬熊。"他说。

"弓硬断弦。人硬了……没好下场。"她说。

"这话倒对。俺爷被土匪绑在明柱上,一刀一刀割,割一刀问一声,直到割死也不说银元在哪面墙缝里藏着。俺爸被斗了三天两夜,不给吃不给喝不准眨眼睡觉直到昏死,还是不承认'反党'……我不算硬。"

"你已经硬到只能挖石头咧!你再硬就没活路了。硬熊——"

"噢!好腰——"

我看见男人停住了劳作,一只手叉在腰间,另一只手挂着铁锨木把儿,两眼专注地瞅着河的上方。我转过头,看见木桥上走着一位女子。女子穿一件鲜红的紧身上衣,束腰绷臀,许是恐惧那座窄窄的独板桥,一步一扭,腰扭着,臀也扭着,一个S身段生动地展示在凌水而架的小木桥上。

"腰真好。好腰。"男人欣赏着。

"流氓!"女人骂了一句,又加一句,"流氓!"

那个被男人赞赏着被女人妒忌着的好腰的女子已经走过木桥,坐上男友摩托车的后座,"呜噜噜"响着驰上河堤,眨眼就消失了。

"好腰就是好腰。人家腰好就是腰好。"男人说,"我说人家腰好,咋算流氓?"

"好人就不看女人腰粗腰细腰软腰硬。流氓才贼溜溜眼光看女人腰……"

"哈呀！我当初瞅中你就是你的腰好。"男人嘻嘻哈哈起来，"我当初就是迷上你的好腰才给你写恋爱信的。我先说你是全乡第一腰，后来又说中国第一腰，你当时听得美死了，这会儿却骂我流氓。"

女人羞羞地笑着。

男儿顺着话茬说下去。他首先不是被她的脸蛋儿而是被她的腰迷得无法解脱。他很坦率又不无迷津地悄声对我说，他也搞不清自己为什么偏偏注意女人的腰，一定要娶一个腰好的媳妇，脸蛋嘛，倒在其次能看过去就行了。

他大声慨叹着，不无讨好女人的意思："农村太苦太累，再好的腰都给糟践了。"

男人把堆积在罗网下的石子铲进笼里，用水担挑起来，走上沙坑的斜坡，木质水担"吱呀吱呀"响着，把笼里的石头倒在石堆上。折身返回来，再装再挑。

女人对我说："他见了你话就多了。嘎杂子话儿也出来了。他跟我在这儿，整响整响不说一句话。猛不丁撂出一句，'日他妈的！'我问他你日谁家妈哩？他说，'谁家妈咱也不敢日，干乏了干烦了撒口气嘛！'"

男人朝我笑笑,不辩白也不搭话。

三

"把县委书记逮了。"

"哪个县的县委书记?"

"我妹子那个县的。"

"你怎么知道?"

"我响午听广播听见的。"

"犯了啥事?"

"说是卖官得了十万。"

我已不太惊奇,淡淡地问:"就这事? 还有其他事没有?"

"广播上只说了卖官得钱的事。"男人说,"过年时我到我妹子家去给外甥送灯笼,听人说这书记被'双规'了。当时我还没听过'双规'这名词。我妹家来的亲戚都在说这书记被'双规'的事,瞎事多多了。广播上只说了受贿卖官一件事。"

"老百姓早都传说他的事了?"

"我给你说一件吧。县里开三级干部会,讨论落实全县五年发展规划。书记做报告。报告完了分组讨论,让村、乡、县各部门头头脑脑落实五年计划。书记做完报告没吃饭就坐汽车走了,说是要谈'引资'去了。村上的头头脑脑乡上的头头脑脑县上各部局的头头脑脑都在讨论书记五年计划的报告。谁也没料到,书记钻进城里一家三星宾馆,打麻将。打了三天三夜。第三天后响回到县里三干会上来做总结报告,眼睛都红了肿了,说是跟外商谈'引资'急得睡不着觉……"

"有这种事呀?"

"我妹子那个县的人都当笑话说哩。你想想,报告念完饭都不吃就去打麻将。住在三星宾馆,打得乏了还有小姐给搓背洗澡按摩。听说'双规'时,从他的皮包里搜出来的尽是安全套儿壮阳药。想指望这号书记搞五年计划,能搞个球……"

"你生那个气弄啥?"女人这时开了口。

"我听了生气,说了也生气。我知道生气啥也不顶。"

"那就甭说。"

"广播都说了,我说说怕啥。"

"广播上的人说是挣说的钱哩,你说是白说,没人给你一分钱。"

"你看看这人……"

"书记打麻将,你跟我靠捞石头挣钱;书记不打麻将不搞小姐,咱还是靠淘沙子捞石头过日子。你管人家做啥?"

男人翻翻白眼,一时倒被女人顶得说不上话来。闷了片刻,终于找到一个反驳的话头:"你呀你,我说啥事你都觉得没意思。只有……只有我说哪个女人腰好,你就急了躁了。"

"往后你说谁的腰再好我也不理识你了,"女人说,"我只操心自家的日子。"

"你以为我还指望那号书记领咱'奔小康'吗?哈!他能把人领到麻将场里去。"男人说,"我从早到黑从年头到年尾都守在这沙滩上掏石头,还不是过日子么!我当然知道,那个书记打麻将与咱球不相干,人家就不打麻将还与咱球不相干喀!他被逮了与咱球不相干,不逮也球不相干喀!"

"咱靠掏挖石头过日子哩!"女人说。

"我早都清白,石头才是咱爷。"男人说。

听着两口子无遮无掩的拌嘴,我心里的感觉真是好极了。男人他妹家所在县的那个浪荡书记,不过是中国反腐风暴中荡除的一片败叶,小巫一个。我更感兴趣的,或者说更令我动心的,或者说最容易引发我心灵深层最敏感的那根神经的,其实是这两口子的拌嘴儿。

他们两口子拌嘴的话所涉及的内容和范围,我都不大在意。

我只是想听一听本世纪第一个春天我的家乡的人怎样说话,一个高考落榜的男人和一个曾经有过好腰的女人组成的近二十年夫妻现在进行时的拌嘴的话。我也只是到现在终于明白,我频频地走到河滩走过小木桥来到这两口子劳动现场的目的,就在于此,仅在于此。我头一次来到他俩的罗网前是盲目的,两回三回也仍然朦胧含糊,现在变得明白而又单纯了:看这一对中年夫妻日常怎样拌嘴儿。

"呃!这书记而今在劳改窑的日子可怎么过呀!"男人说。

"你看你这人!老陈你看他这人——就是个这!"女人说,"刚才还气呼呼地骂人家哩,这会儿又操心人家在劳改窑里受苦哩!"

"享惯了福的人呀!前呼后拥的,提包跟脚的,送钱送礼的,洗澡搓背的,问寒问暖的,拉马抻镫的,这会儿全跑得不见人影了。而今在号子里两个蒸馍一碗熬白菜,背砖拉车可怎么受得了?"男人说。

"你是咸(闲)吃萝卜淡操心。"女人说。

"他这阵儿连我都不如。我在这河滩想多干就多干想少干就少干不想干了就坐下抽烟喝水,运气好时还能碰见一个腰好的女子过河,还能看上两眼。他这阵儿可惨了,干不动得干不想干也得干,公安警卫拿着电棍在尻子后头伺候着哩!享惯了福的人再去受苦,那可比没享过福只受过苦的人要难熬得多吧?"

没有人回答他的发问。我没有。他的她也没有。他突然自问自答——

"我说嘛人是个贱货!贱——货!"

……

太阳沉到西原头的这一瞬,即将沉落下去的短暂的这一瞬,真是奇妙无比景象绚烂的一瞬。泛着嫩黄的杨柳林带在这一瞬里染成橘红了。河岸边刚刚现出绿色的草坨子也被染成橘黄色了。小木桥上的男人和女人被这瞬间的霞光涂抹得模糊了,男女莫辨了。

四

应办了几件公务,再回到滋水河川的时候,小麦已经吐穗了。

我有点急迫地赶回乡下老家来,就是想感受小麦吐穗扬花这个季节的气象。我前五十年年年都是在乡村度过这个一年中最美好、最动人的季节的。我大约有七八年没有感受小麦吐穗扬花时节滋水河川和白鹿原坡的风姿和韵致了。

太阳又沉下西原的平顶了。河堤和石坝的丁字拐弯的水潭里,有三个半大小子在游泳嬉水。我看见对岸的沙滩上支撑着一架罗网。女人正挥动铁锨朝罗网上抛掷着砂石。石头撞击的唰啦唰啦的声音时断时续,缺乏热烈,有点单调。

男人呢?

那个尤其喜欢欣赏女人好腰又被嗔骂为流氓兼硬熊的男人呢?

我脱了鞋袜,涉过浅浅的河水。水还是有点凉,河心的石头滑溜溜的。我走到她的罗网前的沙梁上,点燃一支烟。

"那位硬熊呢?"

"没来。"

我便把通常能想到的诸如病啦、走亲戚啦、出门办事啦这些因由——询问。她只有一个字回答:没。

我就自觉不再发问了。她的脸色不悦。我随即猜想到通常能想到的诸如吵架啦与邻居村人闹仗啦亲戚家里出事啦等等这些令人烦心丧气的事,然而我不敢再问。

她轻轻叹了一口气。

我还是决定发问:"咋咧? 出什么事了?"

她停住手中的铁锨,重重地深深地嘘出一口气:"女子考试没考好。"

"就为这事?"我也舒了一口气,"这回没考好,下回再争取考好嘛!"

她苦笑一下:"这回考试不是普通考试。是分班考试。考好可进重点班。考得不好就分到普通班里。分到普通班里就没希望咧。"

这是我万万没有料想得到的事。

她这时话多了:"女子自个儿不敢给她爸说。

"他听了就浑身都软了,连镢头铁锨都举不起来了。

"他在炕上躺了三天了,只喝水不吃饭,整夜整夜不眨眼不睡觉,光叹气不说话。我劝了千句万句,他还是一句不吭。"

"女子在哪儿念书?高中还是初中?"

"县中。念高一。这学期分出重点班。"

我也经历过孩子念书的事。我也能掂出重点班的分量。但我还是没有估计到这样严重的心理挫败。

她伤心地说:"这娃娃也是……平时学得挺好的,考试分数也总排前头,偏偏到分班的节骨眼上,一考就考……

"直到昨日晚上他才说了一句:'我现在还捞石头做啥!我还捞这石头做啥'……"

"你不是说他是个硬熊吗?这么一点挫折就软塌下来了?"我说。

"他遇见啥事都硬,就是在娃儿们上学念书的事上心太重。他高考考大学差一点分数没上成,指望娃儿们能……

"他常说,只要娃儿们能考大学,他准备把这沙滩翻个过儿……

"他现时说他还捞这石头做啥哩!"

"我去跟他说说话儿能不能行?"我问。

"你甭去,没用。"

我自然知道一个农民家庭一对农民夫妇对儿女的企盼,一个从柴门土炕走进大学门楼的孩子对于父母的意义。我的心里也沉沉的了。

"他来了!天哪!他自个儿来了——"

我听见女人的叫声,也看见她随着颤颤的叫声涌出的眼泪。

我瞬即看见他正向这边的沙梁走来。

他的肩头背着罗网,扛着镢头铁锨,另一只肩头挑着担子,两只铁丝编织的笼吊在水担的铁钩上。

他对我淡淡地笑笑。

他开始支撑罗网。

"天都快黑咧,你还来做啥!"她说。

"挖一担算一担嘛。"他说。

我想和他说话,尚未张口,被他示意止住。

"不说了。"他对我说。

女人也想对他说什么,同样被他止住了。

"不说了。"他对她说。

"再不说了。"他对所有人也对自己说。

"不说了。"他又说了一遍。

我坐在沙梁上,心里有点酸酸的。

许久,他都不说话。镢头刨挖沙层在石头上撞击出刺耳的噪声,偶尔迸出一粒火星。

许久,他直起腰来,平静地说:

"大不了给女子在这沙滩上再撑一架罗网咯!"

我的心里猛然一颤。

我看见女人缓缓地丢弃了铁锨。我看着她软软地瘫坐在湿漉漉的沙坑里。我看见她双手捂住眼睛垂下头。我听见一声压抑着的抽泣。

我的眼睛模糊了。

2001 年 5 月 12 日于原下

作家和他的弟弟

我曾在一部小说里说过,昼伏夜出几乎是世界上各路盗贼共有的生活习性。仅就这个习性而言,作家类同于盗贼,只是夜出工作的性质与之相去甚远罢了。这篇小说记述的作家就是一个顽固地遵循着昼伏夜出规律的人。他沉静而又疯狂地写作一夜,天色微曙时伸着懒腰打着呵欠躺到床上,直到午后才醒来。

在作家睡眠的这段时间里,最恐惧的事就是来人。来人太多了,多到一般人不可想象的程度。作家因一部小说以及由小说改编的电影爆炸,就出现了这种寻访如潮的情形。作家自然沉浸在热心者好奇者研究者的不断重复着的问询的愉悦之中,多了久了也就有点烦。烦就烦在心里,外表上不敢马虎也不敢流露出来,怕人说成名了就拿架子摆臭谱儿脱离群众了。然而作家还想写作,还想读书,即使不写不读,仅仅只想一个人坐下来抽支烟品一杯咖啡。于是作家终于下定决心,在白天睡觉的这段时间里,拔掉电话插头,拉下了门铃的闸刀,在门板上贴一张粗笔正楷的告示:如若不是发生地震,请手下留情,下午三时后敲门。作家往往最容易在语言上出错,仅这条告示而言,就存在严重的错误,因为地震如果真的发生时,即使是四五级的中震,作家就会自己冲出门来的,任何人都不必敲门了。无论如何,这条幽默而又严峻的告示确实制止了无数只已经举起或蠢蠢欲举的手,保证了作家的睡眠。

大约十二时许,作家正沉入深睡状态,有人敲门。轻敲时作家没有听见。作家被惊醒时的敲门声,已不是敲而是捶,真如发生了失火或地震一类灾难似的。任谁都可以感同身受地去想象作家的不快甚至恼恨了:一个通夜写作而刚刚睡了三四个小时的人多么需要休息啊!

作家是聪明人。敢于无视告示而如此用劲儿捶打门板的人，肯定是有重大事由的人，所以也就不敢恼怒，甚至怀着忐忑的心情赶紧拉开门闩。站在门口的，是弟弟。二弟。

作家的第一个心理反应是：这个货又来了。

作家连"你来了"一类客套话都不说，就转身走进客厅。弟弟也不计较哥哥的脸热脸冷，尾随着进入客厅，不用让坐就坐到沙发上了，把肩头挎着的早已过时的那种仿军用黄色帆布挎包放到屁股旁边的沙发上，顺手从茶几上的烟盒里抽出一支烟来点着了。美滋滋地吐出一条喇叭状的烟雾之后，弟弟笑嘻嘻地说："哥，我想你了。"

作家还没有从睡眠的恍惚里转折过来，木木的脑子里却反应出：你是想我的钱了。其实早在开开门看见弟弟的那一瞬，他首先就想到了自己腰里的钱包。这已经是惯常性的心理反应了。没有办法，他的兄弟姊妹全都生活在尚未脱贫的山区。已经给许多人提供了发展机会的社会环境是前所未有的，然而他的兄弟姊妹没有一个能够应运而出，连一个小暴发主儿都没有，更没有一个能通过读书的渠道进入城市的。他们依然贫穷。他们自觉不自觉地把骄傲的心理和依赖的眼光都倾斜到作家哥哥身上来了。作家是兄弟姊妹中唯一一个走出山沟走进省会城市的出类拔萃者，而且不是一般地进入城市谋得一份普通的社会工作,而是一步步打进文坛,且走出潼关响亮全国文坛的佼佼者。作家自己有时候也纳闷:同是一母一父所生的兄弟姊妹,智商为何有如此悬殊的差别,以至怀疑自己是不是父亲的血缘……现在,作家最揪心的是,兜里没有多少钱,怎么打发这个货出门呢?小说作品走红了,由小说改编的电影更红火,然而作家的稿酬收入却少得羞于启齿,即使启齿说给兄弟姊妹,兄弟姊妹也不信。

弟弟喝了口水就坦然直言:"哥,你甭怕也甭烦,我不要你的钱。我知道你名声大,钱可不多。你是个名声很大的穷光蛋。你给我钱我也不要。"

作家不由一愣,有点摸不着头脑了。

弟弟更坦率了:"我想搞一个运输公司。先买一辆公共汽车,搞长途客运,发展到三辆以上就可以申报公司了。"

作家吃惊地瞅着眉色飞扬的弟弟,半天才回过神来,我们家里终于要出一个"万元户"了哇。

"你想想你能有多少钱给我?你把我大嫂卖了也买不来一辆'中巴'……"

作家终于清醒过来,甩了烟头,讥讽道:"凭你这号货能搞长途客运?你是不是昨晚做梦还没醒来?"他太了解这个弟弟了。

在他的兄弟姊妹中,这是他唯一可以当面鄙夷地称之为"这个货"的一个。其他几个,本事不大,却还诚实;做不了大事,做小事做普通事也还踏实;挣不来大钱,挣小钱也还扎实巴稳。唯有这个货,什么本事没有还爱吹牛说大话包括谎话,做不来大事还不做小事;挣不来大钱还看不上小钱,总梦想着发一笔飞来的洋财。连父母也瞧不起的一个谎灵儿人物。他唯一的长处是有一副好脾气,无论作家怎么损怎么骂都不恼,而且总保持一张天真的笑嘻嘻的脸。

"我知道你看不起我,不相信我。事没弄成以前谁也不信,大事弄成了人就给你骚情了,挡都挡不住。"弟弟不仅不恼,反而给他讲起生活哲学,"你前多年没成名时,谁把你当一回事?我那时候看你没日没夜地写稿投稿,人家不登给你退回来。甭说旁人把你不当个人看,兄弟我咋看你都不像个作家。可你把事弄成了,真成个人了,而今我咋看你都像个作家……"

作家还真的被弟弟堵住了口。这是生活运动的铁的法则。他当业余作者时,屡写屡投稿屡屡不中且不说,即使后来连连发过不少小说、散文、诗歌时,文坛也没人看好他,只有那部小说和小说改编的电影爆炸之后,原有的、属于他的生活秩序整个被打乱了。这个过程和过程中的生活法则,被弟弟都识破了。作家突然想到,论脑瓜,这个货还真的不笨;论心计——好的或坏的——他还真的不缺,说不定弄不来小事还能弄成大事哩!而今常常是这类人最早越出原有的生活轨道和惯性,一夜暴富。作家便松了口,半是无奈地笑笑:"行啊!你想买一列火车搞运输我都没意见。你搞吧!"

弟弟笑了:"现在该求你了。不要你的钱,只要你给刘县长写个字条儿,让他给银行行长说句话,我就能贷出款子来。刘县长是你的哥们儿……办这事不费啥。"

作家故作惊讶:"哦!你还真动脑子了,把我的朋友关系都调动起来了……"

"而今这社会好是好,没有'关系'活不了。"弟弟说,"你不过写一张二指宽的字条儿。刘县长也不过给行长打个电话说两句话。都不算啥麻烦劳神的事喀!"

作家笑笑,夹着烟在屋子里转了两圈,给刘县长写了一张字条儿。

几天之后,作家越来越感到某种逼近而又逼真的隐忧。这种隐忧之所以无法排遣,在于他意识到某种危险。作家的情绪制约着思路。总是别扭,总是不能通畅,总是无法让想象的翅膀扇动起来,正在写作着的长篇巨著遇到了障碍。他终于拿起电话,拨通了刘县长办公室的号码,很内疚地说明来龙去脉,最后才点破题旨:

"你不知道我这个弟弟是个什么货!我给他说不清道理才把他推到你手里。你随便找个理由把他打发走算了。"

刘县长笑了:"你的电话来晚了。你弟前日后晌就来了。我把他介绍给农行行长了。"

"这怎么办?"作家急了,不是怕弟弟贷不到款,恰恰是怕他贷到了款子,三天两后晌把钱赔光了怎么办!他对刘县长叙说了自己的隐忧。

刘县长不在意地笑了:"银行现在不会再做这种挨了疼而说不出口的蠢事了。现在贷款手续严格了。你放心吧。"

作家放下电话时,稍微安稳了。

巧的是,电话铃又响了,是弟弟打来的。

弟弟说:"哥呀,贷款是没问题的。刘县长一句话,农行行长照办。我想贷十五万,他连一个子儿不敢少给。"

作家听着弟弟狐假虎威得意忘形的口气,心情又负累了。真要是贷下十五万元,这货把钱给捣腾光了,谁来还贷?他便郑重警告弟弟:"你得考虑还贷能力……"

"害怕火烫还敢学打铁!"弟弟满腔豪气,"现在人家贷款要担保人,或者财产抵押。咱们兄弟姊妹就你日子过得好。你给我来担保。"

作家脱口而出:"那就把我押上?"

"谁敢押你这个大作家呀!"弟弟"哈哈"笑起来,"行长倒是给我出主意,把你那本书押上。"

作家现在才放松了,疑虑和隐忧全在这一瞬间化释了。行长给弟弟出的这个主意分明是游戏,不无耍笑戏弄的意味。自以为聪明的弟弟现在还在农行行长的圈套里瞎忙着。作家既不想为贷款而负累,也不想再看弟弟揣着那点鬼心眼在老练的农行行长跟前继续瞎忙出丑。他便一语戳透:"我的那本书早都卖给出版社了。版权在人家出版社,不属于我了,押不成了。"

弟弟显然不懂出版法。这个专业法律与弟弟的实际生活太隔膜了。弟弟还不死心:"你写的书怎么不由你哩?你的娃娃咋能不跟你姓哩?"

"这是法律。"作家说。

"到底是你哄我哩,还是农行行长哄我哩?"弟弟的声音毛躁起来了,已经意识到那个梦的泡儿可能要碎了。

"你自个儿慢慢辨别吧。"作家说。

"那你得给我想办法。"弟弟说,"哪怕找个有钱的人,哪怕编个谎话,先让我把款贷下。"

作家再也缠不过,便说:"我有一支好钢笔,永生牌的你作押吧!"说罢挂断了电话。

冬天到来的时候,作家完成了长篇小说的上部。此刻的心境是难以比拟的,像生下了孩子的产妇,解除了十个月的负累之后的轻松和痛苦折腾之后的恬静与踏实;像阴雨连绵云开日出之后的天空一样纯净和明媚。这些比拟似乎又都不够贴切,真正的创造后的幸福感是难以言说的。

作家急迫地想回老家去。温暖的南方海滨,他都毫不犹豫地谢绝了。他迫切地想回到故乡去,那里已经开始上冻的土地,那里冬天火炕上热烘烘的气息,那一家和这一家在院墙上交汇混融的柴烟,那一家的母鸡和这一家的母鸡下蛋后此起彼伏的叫声,甚至这一家和那一家因为牛羊因为孩子因为地畔而引起纠纷的吵架骂仗的声音,对他来说都是一首首经典式的诗,常诵常吟,永远也不乏味,每一次重大的写作完成后,每一次遭遇丑恶和龌龊之后,他都会产生回归故土的欲望和需求。在四季变幻着色彩的任何一个季节的山梁上或河川里,在牛羊鸡犬的鸣叫声中,在柴烟弥漫的村巷里,他的"大出血"式的写作劳动造成的亏空,便会得到天风地气的补偿;他的被龌龊过的胸脯和血脉也会得到迅速的调节,这是任何异地的风景名胜美味佳肴所无法替代的。他的肚脐眼儿只有在故乡的土地上才汲取营养。他回来了。

作家下火车时,朋友刘县长在那儿接站,随后便进入一家新开发出来的民间食物的餐馆。便是豪饮,便是海阔天空的大谝。便是动人的城南旧事式的回忆。作家后来提起了弟弟贷款的事,随意地问:"后来他还缠没缠你?"

刘县长也是多喝了几杯,听罢便大笑起来,笑得前俯后仰,说话都不连贯了:"啊呀!我的我的……作家作家……老哥老哥呀……你的你的……这个活宝活宝……弟弟呀!我现在才……才明白了……你为啥为啥把他……叫'货'……"

作家倒进一大口酒,没法说话,等待下文。

刘县长仍然止不住笑,拍着作家朋友的肩膀:"任何天才天才……作家……也编不出……的……"

刘县长讲给作家一个可以作为小说结尾的故事——

"你弟弟从我办公室走时,我借给他一辆自行车,机关给我配发的一辆新型凤凰车子。咱们这个小县长,天天用汽车接送上下班,我嫌扎眼,就让后勤处给每位头儿配发一辆自行车。他把车子骑走了,三天后给我还回来,交给传达室了。传达室老头儿把车子交给我的时候,我都傻眼了。车铃摘掉了。车头把手换了一副生锈的。前轮后轮都被换掉了。后轮外胎上还扎绑着一节皮绳。只剩下三角架还是原装货。真正是'凤凰'落架不如鸡了……"

作家噢的叫了一声,把攥在手里的酒杯甩了出来,笑得趴在桌子上直不起腰来:"我的多么……富于心计的……伟大的农民弟弟呀!"

刘县长倒是止住了笑:"你不还我车子倒算个屁事!你说你丢了,我还能叫你赔一辆不成?可他……偏偏耍这种把戏……"

"这就是我弟弟。常有叫人意料不到的创举,叫你哭笑不得,叫你……"

刘县长说:"我看着那辆破自行车,突然就想起你常常挂在嘴上的'这个货'!我忍不住就说了你的'这个货'的称呼……才体会到这个称呼真是恰到好处……"

当日后晌,作家就回到了父母仍然固守着的家园。没有热烈,却是温馨。窑洞整个都收拾得清清爽爽。火炕已经烧热,新添的一对沙发和一只茶几,使古老的穴居式的窑洞平添了现代文明生活的气氛。父母永远都是不需要客套式的问候的,尤其是对着面的时候,看一眼那张镌刻在心头的脸就不需要再说什么了。

他随后转悠到弟弟的窑院来。

弟弟正蹲在窑门口的台阶上抽烟,笑嘻嘻地叫了一声哥就搬出一只马扎来。作家没有坐,站在院子里,看满院作务过庄稼的休眠着的土地。宽敞的院子里有两棵苹果树,统统落叶了,树干刷上了杀灭病菌虫害的白灰灰浆。一边墙角是羊圈,一边墙角是鸡舍。一只柴狗窜进窜出。是一个井井有条的、令人感到舒服的庄稼院儿。

客运汽车公司显然没有办成。那辆偷梁换柱而焕然一新的自行车撑在储藏棚子门里。所有零部件都是锃亮的,只有三角架锈迹斑驳,露出一缕寒酸一缕滑稽一缕贼头贼脑。

作家用嘴努努自行车,说:"兄弟,再去借用一回,把他的三角架也换回来。"

"不用了不用劳神了。"弟弟顺茬儿说,"三角架一般不会出问题,新的旧的照样能用。"

"你也太丢人了!"作家终于爆发了。

"我丢什么人了?"弟弟一脸的诚实之相。

"我给你买不起'中巴',买一辆自行车还是可以的嘛!"作家摊开手,说,"你怎么能这样?"

"噢哟哟哟!"弟弟恍然大悟似的倒叹起来,"这算个屁事嘛!也不是刘县长自己掏钱买的,公家给他配发的嘛!公家给他再买一辆就成了嘛!公家干部一年光吃饭不知能吃几百几千辆自行车哩！我揣摸几个自行车零件倒算个屁事！"

作家说："我现在给你二百元,你去买新车子。你明日格就把人家的零件送回去。"

"你这么认真反倒会把事弄糟了。"弟弟世故地说,又嘻嘻哈哈起来,"刘县长根本没把这事当事……权当'扶贫'哩喀……"

作家瞅着嘻嘻哈哈的弟弟,想说什么也说不出来了,就走出了窑院。晚炊的柴烟在村巷里弥漫起来,散发出一种豆秆儿谷秆儿焚烧之后混合的熟悉的气味。作家还是忍不住在心里呻吟起来,我的亲人们哪……

 2000 年秋于礼泉
2001 年 8 月 20 日重写于原下

猫与鼠,也缠绵

"我要见局长。"小偷说。

"你说啥?我没听清楚你再说一遍。"警察李猛乍从椅子上跳到地上,大声反问。

小偷垂下头,没有再说一遍刚刚说过的话。他相信李警察把他刚才说的话都听清楚了。他和李警察中间的距离大约也就是三米远,他蹲在墙根下,李警察跷着二郎腿坐在椅子上,他的口齿清晰吐字很真声音也大着哩,李警察不会听不清的。恰恰可能是李警察听得太清楚了,而且大大出乎意料了,一个小偷一个小蟊贼,怎么敢挑选审讯他的警察呢?而且要局长亲自来,太出格的要求。李警察从椅子上蹦到地上的举动和他佯装没有听清的反问的语气里,有惊诧,有嘲弄,有蔑视。他让他再说一遍的真实语气是,你是个什么货色你以为你是老几你是皇上的外甥吗,居然敢叫我们局长来审讯你?小偷扬起头瞅了一眼李警察,李警察整个脸上的表情证实着他的猜测。其实,小偷在提出这个要求之前,早就预料到了李警察会有这种反应的,他自己也明白局长是不可能去审讯一个小小的小偷的。这样,小偷又垂下头,没有按李警察的命令再重复申述要局长来的要求。小偷以为不再说比说更能表明他要见局长是认真的。

"说!把你刚才说的话再说一遍。"

"你都听清了……"

"听清了也还要你再说一遍。"

"那我就再说一遍——我要见局长。"

"你再说一遍。"

"我要见局长。"

"再说一遍。"

……

小偷不说了。他现在不敢说了,再说脸上可能就要挨耳光或遭唾沫星了。他低垂下脑袋,看看李警察是否还坚持要他再重复那句话。

李警察放弃了。李警察一只手夹着烟卷,另一只手反叉在腰里,在屋子里踱步,竟自乐呵起来:"我办了十来年案,大贼小贼都交过手了,还没见过哪个贼娃子开口先要局长亲自来。嗨呀呀呀……"

李警察"嗨呀呀呀"地笑着,确是把诧异、鄙夷、蔑视以及好笑等丰富的内容,都糅进那听来颇为轻淡的笑声里了。按说,平常发生的这类小摸小偷案子根本就进不了市局的门,属于案件发生地所辖的派出所的正常业务,局里办的都是上了档次的大案要案,李警察也不会上手过问的小蟊贼,居然提出要见局长,真是有点滑稽可笑了。

李警察唯一感到新鲜感到惊讶的是,这个小偷偷到了公安局里来了,偷到他的办公室里来了。这是他万万没有想到过的事。这样的案子本身就很滑稽。这样的小偷也就更滑稽。想想明天在局机关传播开以后,会是怎样的惊诧和滑稽。想想这样滑稽的案子在市民中传播开来以后会引发怎样的街谈巷议。这样滑稽的事,偏偏撞到李警察腿上了。完全是撞上了,不经意间撞上了。像他这样肩负本市大案要案侦破重任的警察,必须审讯这个给本局制造滑稽的小蟊贼了。小蟊贼居然还要见局长。"嗨呀呀呀呀"!李警察忍不住又笑起来。

这个滑稽的案子,撞得真是太巧了。真得相信世界上确实有这样不迟不早不偏不差恰恰巧巧的事让人撞上。

李警察明日一早要出差,自然还是追案件线索。这种差事对他这种职业来说是家常便饭,早已习以为常,早已没有了普通人出远门前夜的精细准备和对陌生之地的新奇和激动。他在收拾几件简单的行李时,突然发现把火车票忘记在办公室抽屉里没有带回家,说好局里公车明日一早到家接他送站的。妻子说:"这么晚了,算咧不去取咧。明天一早让司机把车拐进局里去拿。"他沉吟了一阵儿,最后还是决定当即去取回来。许是职业习惯,习惯里充斥着严密,不容许疏忽也不允许拖沓。他说:"别让司机拐来拐去的了。我很快就取回来,不过半个小时。"他就骑上摩托车从城圈外的住宅地进到最繁华的老城区了,在办公室就撞上了这个正在行窃的小蟊贼。如果听了妻子的话明早顺路来拿火车票,这场滑稽的捉贼和审讯就会错过了,没有了。

他按局机关军事化的严格管理规定,把摩托车停在东墙下的车棚里,就走过院子,进入办公大楼的大门,轻捷地上着宽敞的水泥台阶。大楼里空空荡荡,该关的灯都关掉了,楼道里昏昏暗暗,只有厕所的灯照亮着白布门帘。他突然想到,既然楼道里的灯都关了,还开着厕所的灯干什么,给谁开呢,生活里常常就有这些盲区。他上到三楼了,一个人也没有见着,这是正常的不足奇怪的事。他走到自己的办公室门口,摸着黑就把钥匙往那个圆形黄铜暗锁的锁孔里插。准确无误地插进去了,无须解释,再熟悉不过了。他往外扭动钥匙,扭动了,门却推不开。他怀疑是否拿错了钥匙,顺手把门边墙上灯按着了,楼道里一片空前的灿亮。钥匙对着哩嘛!他心里同时想,不可能错嘛!这门的钥匙几乎跟自己身上的某个器官一样熟悉,怎么可能拿错呢。他又把钥匙捅进去,又往右边扭动一下,仍然是钥匙顺利地扭动了,门却推不开。他怀疑是不是锁子失灵了?滑丝了?可下午开门时还好着哩。他第三次扭动钥匙的时候,右肩顺势就抵到门上,用力一顶,顶不开。尽管顶不开,他却隐隐看到锁子部位的门板和门框有了一点错差的位移。这一刻,他的头发噌地一下竖立起来了。锁子和钥匙都没有问题,正是那两厘米的位移证明了这一点。那就肯定是屋里有人顶着门,这人肯定不是正常的人了,黑着的灯就又证明了在屋子里潜藏的人属于哪样的人了。所有这些判断,都是李警察在用右肩一抵的瞬间完成的。他随之在接着的一瞬间就声色俱厉地叫起来:"谁在里边?开门!"他已经离开门口,贴墙站着,如果有人冲出门来,他只需伸出一只脚就置对方于死地了。他又对着门喊:"狗日的不想活咧?"

门依旧死死地关着。

他用肩膀抵住门板再推,隐隐听到了门里边压抑着的喘气声。他的头发又一次噌地竖了起来。他抓过号称杀人魔王的罪犯,也没紧张到头发竖立的程度,这个隐藏在自己办公室里的歹家伙,却使他两次头发竖立,如同人在野地里看见蛇和在自家床上发现蛇的感觉是有决然差异的。他抵着门板的肩膀和歹家伙顶着门板的肩膀同时都在发着力,肩膀和肩膀之间就隔着一层不过几公分厚的木板,进行着殊死的较量。他又想到,如若对方猛乍抽身,他肯定会闪跌在地,歹家伙一蹽就会逃出门去。他又贴着墙壁做好出脚的准备,对着屋子喊:"你狗日再不开门我就挖门了。"他已拨动了值班室的电话,自然说的是悄悄话。

值班的刘警察话毕就到了。两人决定同时用手去推门板。李警察提醒刘警察,小心闪跌!然后再次把钥匙插进锁孔,往右扭动。两人合力一推,那门板就一寸一寸移位。可见里面的人绝不轻易放弃,直到无奈直到大势已去,放弃了抵抗,门开了。李、刘两位警察冲进门时,全都是训练有素的规范化的捕抓凶犯的动作,直到两人看见门后地上蹲着的人,双手抱着头,毋宁说护着头顶,同时就松弛下来。李警察一把揪住那人的头发往后一掀,那人闭着眼睛的脸就呈现出来。李警察几乎失声叫道:"怎么是你? 你到我办公室来干什么?"刘警察也惊讶地叫起来:"怎么是你?"

这是市局机关里烧锅炉的那个小伙子,在水房里干了十多年了,嘴唇和两颊上的茸茸黄毛,业已变成又黑又硬的胡茬子了。

水工从口袋里掏出一沓人民币来,放到就近处那个三角书报架的架板上,这些刚刚偷得的钱可能在兜里尚未暖热。他一步也不敢动。他不做任何分辩也不撒谎,掏出赃款来就表明他已经不作任何徒劳无益却可能招来耳光的对抗。李警察很熟练地把他的双手扭到背后,使其丧失全部反抗和报复的能力。刘警察同样老到地搜查他的每一个衣兜,尚未发现任何凶器。尽管如此,李警察还是把一副手铐扣在水工的右手腕上,同时扣住一只木椅的一条木梁子。然后就和刘警察开始审讯。你在本局院子里偷了多少次? 你都偷过哪些人? 你偷过多少钱? 还有什么物品? 你在社会上作过多少回案? 就你一个人作案还是有同伙? 是谁? 诸如此类最基本的疑问都问了。其中往往夹杂着李警察和刘警察带着情绪性的话语,诸如:你狗日吃了豹子胆居然偷到市公安局里来了!

平时看去你老老实实勤勤快快憨憨厚厚的农民小伙子,怎么会是个贼? 老鼠居然钻到猫窝里偷食来咧! 无论李、刘两位警察怎么追问怎么损刮,水工却只有一句话回答:"我要见局长。"拖得时间稍长逼得也紧了时,水工对于那句话作了修改,意思更明白了点儿:"见了局长我把核桃枣儿全倒出来。"

李警察的手机响起来。是妻子打来的,问他怎么出门这么久还不见回家。他说他跟值班的刘警察说说话儿,没有什么麻缠事。他把意外撞上这个小蟊贼的事对妻子保密下来,是职业的严格纪律,已成习惯。而妻子对他这种职业所形成的担心,或者说担惊受怕,却已形成一种心理惯性。她在电话里开始数落:"你这个人出了家门就不知道回家了。你明天要出差要起早你还不知道早点回家,又没有什么正经事。"李警察口里"噢噢噢"应答着马上回家,同时就把刘警察拍了一把,两人走到楼梯口来商量。李警察笑着挖苦:"这狗日的死咬着要见局长,该不是咱局长的外甥吧?"刘警察同样挖苦似的笑笑说:"没听说过局长有这门亲戚。这货在局里烧了十多年的锅炉了,没见过跟局长有啥来往喀! 不过也许万一有情况,局长有意避亲躲闲话也说不定。"李警察为难地说:"这号小蟊贼的案子挂都挂不上号儿,怎么向局长开口说这话呢? 怕是寻着受夯挨头子呀!"刘警察说:"不管局长来不来,得让局长知道这件事。这个案子虽小,跟社会上的偷盗不一样,它发生在市局机关大院里。"李警察连连说着"对对对有道理"的话,同时也就有了主意:"我给局长报告机关院内发生的偷窃案件,顺便捎带一句小偷要见他才交代问题的话,看局长怎么说就怎么办。"刘警察表示赞同。不过两人都估计到局长是百分之百不会来的。两人就商定,把小偷转移到值班室继续审讯,或者等到明天早晨上班后交给相关部门去。李警察得回家去了,明天出差有更重要的案子。

李、刘两位警察都没有料到,局长居然答应亲自来审讯。李警察愣过神儿一边关手机一边说:"牛刀真的出面杀鸡来咧。"刘警察也跟着阴了一句:"噢呀! 说不定真个把局长的外甥扣住了。或者是局长的远门亲戚也说不定。"无论如何,有一点可以立即作出决断,李警察不能马上回家了,得陪着局长。

截止到李、刘两位警察抽着烟等待局长到来的时候,他俩同样百分之百地丝毫也不曾意识,正是他俩的这个电话,把他们的局长送进了地狱。

局长在他的二楼办公室里通知李警察去汇报案情。刘警察看守着铐着一只手的小偷水工。李警察走进局长办公室。局长坐在单人沙发上喝茶,把另一杯沏好的茶水推给李警察,同时指一指并排隔着小茶几的另一把单人沙发,让李警察坐下。李警察有点拘谨地坐下来,礼节性儿地握住了装着茶水的一次性纸杯。他刚才和刘警察在楼梯口商量该不该把小偷的要求报告局长的时候,还轻松地调侃小偷会不会是局长的外甥一类调皮话,现在却无端地拘谨甚至紧张起来了。他就从他来办公室拿明日出差的火车票说起,一直说到给局长打电话为止。他特别解释了要不要把这件事给局长汇报的两难选择。局长真诚地表示,他处理这件事处理得好,说:"公安局被偷,当然不是一般的偷盗案子,你说得很对。我也是从这一点考虑,才亲自来审这个小蟊贼。他不提出要叫我来我也要来。贼娃子偷到咱们心脏里来了,闹笑话哩嘛!"

局长很平淡地作出安排:"你明日要出差你就可以回家了,别影响了正经事。"李警察忙说:"我年轻少睡一会儿不碍事,明天坐火车还可以睡觉。我得陪着局长,万一有事你跟前也得有个帮手。"局长淡淡地笑笑,说:"这么个小蟊贼,我还对付不了哇!万一有事还有小刘在跟前,有一个人就行了。"这样,李警察就不再坚持留下为局长当帮手的想法,看着局长把那只黄绿色的帆布挎包挂上肩头,相随着一起出门,一起上三楼,一起进入自己的办公室,对小偷说:"我们局长亲自来了,你就老老实实交代你的偷盗事实吧。"然后就退出办公室,和伺候在门外的刘警察告别,就回家去了。

李警察下楼,出楼,走过院子,在车棚发动摩托车,直到驱车穿过大街小巷,脑子里就隐隐浮现着局长那只黄绿色的帆布挎包。这种帆布质地黄绿颜色的挎包,曾经在六七十年代风行整个中国,人不分男女长幼和职业,出门一律都是挎着这种包在肩头的。将军挎这种包士兵也挎这种包,教授挎这种包小学生也挎这种包,部长省长和工人农民一样都习惯挎这种包。这种包体现着绝对的平等和绝对的一律。这种包现在在城市里几乎绝迹,连贫穷落后相对不太注意装潢的乡村人也没人用了。随着一个时代的结束也结束了一种包的价值,或者说一种包的被废弃标志着一个时代的结束。然而,局长还挎着这种包。局长一年四季上班下班开会出差都挎着这种包。局长当警察时挎这种包,调办公室当副主任再升主任挎着这种包,直到跃升为副局长再到局长,几十年所有变化中唯一不变的就数这只包。他曾经亲自批示过给全局干警买一种实用型的手提式皮包的拨款报告,自己却从来也不使用那个质地不错的皮包。这种黄绿色的帆布包挎在局长肩头,早已成为本局一道迥然的风景,这种早已陈旧的过时的包在局长肩头却造成别致的新颖。人们不仅不以为它落伍,反而装满了敬重,也装满了荣誉……至于局长如何审讯小偷水工以及审讯的结果,他已经全然漠不关心了。这个小案子小蟊贼,本身不具备让他关心的分量;即使局长这样的牛刀亲自出手,也不会撕下几两肉来;只是因为发生在公安局办公大楼里才不一般,只是体现局长的一种作风一种姿态罢了,案子本身并没有多少意思。

李警察把这个撞到腿上的案子轻描淡写地说给妻子,突然意识到对他的一个重要好处。正是这个贼向妻子证明他私设的小金库里只有五百元人民币。小偷把他的大小抽屉全部翻了搜了,就是这个数儿。妻子总是不相信他的小金库银子的储量。他解释过多回也无法使妻子的心稳妥下来。现在可好,小偷水工向妻子揭开了谜底儿。妻子舒展地笑了,就把他拢上床去,刚刚获得的踏实的心就蒸腾起更多的温柔,兼蕴着曾经疑猜小金库打着埋伏的歉意,全部融为一种前所未有的温柔和激情了。李警察自然敏感到熟识的老套里新生的鲜活,作为远行前夜必有的夫妻之事,呈现出新鲜的别开生面的美好……明早轻松上路。

李警察办公室里,局长对小偷的审讯正在进行。

局长走进李警察办公室,第一次和铐在椅子横杠上蹲在地上的小偷水工眼光相撞时,随口轻淡地说出一句:"嗬!是你呀!"然后就在椅子上坐下来。刘警察送走李警察,自己在门外侍候着。

小偷水工低下头没有说话。他心里想,从局长到大门口站岗的武警再到扫地务花的勤杂工,任谁知道在水房里干过十多年的他竟是一个贼时,都会发出这样的感叹来。既然贼的面目已经暴露出来,任何人的惊讶对他都不再构成压力。压力只在本真的丑相处于可能被揭开而又可能被继续掩盖的时候才会发生。

"据后勤处同志说,你是用过的民工中最能干最勤快的一个,哪个民工也没干到你这么长时间,十多年呀!从领导到警察对你都很信任嘛!甚至在待遇上把你都当局里职工一样对待呀,结果你却干出这样的事。"局长说,"农民孩子的忠厚老诚到哪里去了不说,你连起码的良心都没有。"

小偷无动于衷。这全是废话一堆喀。作为一个贼被铐在椅子下边的横杠上,在你的眼前脚下的地板上蹲着,你却说这一堆属于情感范畴的话,什么作用也不起。小偷心里现在最焦虑的是什么结局。锅炉肯定烧不成了,当水工的工资也挣不成了,都不重要。要紧的是会不会判刑蹲监狱,重判还是轻判,毕竟偷的是公安局这样的谁也不敢碰的单位。其他属于感情世界道德范畴的话语,对他来说任何力量任何意义都没有。他现在低垂着头,等待恰当的时机,按自己蓄谋已久且十分确定的一招进行。这一招是他被李警察铐到椅子横杠上时就冒出来的,相信绝对有效的;如果这一招不能奏效,他就只有蹲监狱一条路一个结果。让局长说吧!局长想说什么,局长无论怎么说怎么问,他都听着。

"我把你狗东西毙了!"

局长叭地拍响了桌子,声响震天,同时就直昂昂地突兀在小偷眼前。刘警察当即推门进来,看了一眼局长又看了一眼小偷,弄明白没有意外情况儿,又退出身子拉上门板。

"枪毙你都便宜你了。"局长又补说了一句。

小偷水工低垂着头,心里突然觉得局长不像个局长了。这么大失法律水准的话,居然从他的嘴里说出来,而且鼓着那么大的劲。就他的偷窃行为和偷得的钱数儿,离着挨枪子儿的距离还远得很哩!这种吓唬不仅不起作用,反倒让小偷惊讶局长怎么会说出如此差池的话。小偷倒是有点急,局长一会儿动情的软话一会儿乱抢的吓人的硬话,都不是他等待可以说出那一招儿的时机,就只好再等着。

"明日这事一传开,看看这些干警把你砸死!"局长说,"你们村子的农民知道你竟敢偷公安局,看看谁还会把你当人看。你爸你妈你媳妇,谁在村里还能抬起头来?"

这一下刺中要害穴位了。小偷不自在地扭了扭身子。这是他最敏感也最虚怯的一个穴位。道理很简单,从明日起他就不是公安局的烧锅炉的水工了,可能一辈子再也不会走进从早到晚有武警站岗的这幢高大气派的门楼了,这个院子里的头头脑脑和普通警察会怎么骂他,他都听不见了,也就没有什么压力了。而他生活的村子里的人们的眼色,才是他最不堪忍受的。一旦他的贼皮在村子里亮出来,直到进入棺材也甭想脱掉了。还有他尚健在的父母,也将在别人的那种眼光下度完余生。更有他正上小学的一女一男两个孩子,心里也将罩上父亲一张贼皮的阴影。这个敏感的穴位在他被李警察铐住右手的时候就刺疼了,只是时间和地点都不容他更多地去纠缠,眼下最致命的穴位是他的结局。因为会不会重判或轻判,比他和他的父母他孩子的面子都重要得多。

"说。"局长重新在椅子上坐下来。

"交代你的罪行吧。"局长点燃一支烟。

"你不是说要我亲自听你坦白吗?"局长说。

小偷水工抬起头来。他心里的整个感觉和全部智慧迅捷地完成了一次整合,形成一个判断,现在到了抛出唯一能够拯救自己的那一招的时候了。他抬起头来的时候,没有忘记沉稳,为此而稍作静默,然后才说出来蓄意已久的一句话——

"局长,我偷过你。"

小偷说完这句话,看了局长一眼就低下头去。在他短暂的一瞥里,看见了局长的眼光避闪了一下。那一瞬,他相信他招中局长最致命的穴位了。这个穴位对局长来说,比局长刺中他的那个虚怯的穴位要致命百倍。局长躲闪了一下的眼光,标志着他和他的关系的根本性易位,老鼠咬住猫的脖颈了;双方在这一瞬间,都清楚谁对谁更致命。他很快低下头去,就是不要再继续去看局长的那种眼光,只要看见躲闪的那一下就行了。让局长掂一掂分量,尽快作出选择。小偷现在是一位超级心理学家,认为像局长这样有身份的大猫,在这样不容久耽的时限里,要与一个他这样的老鼠做出同流合污的妥协达成一种利害同盟,是十分残酷的。他如果一眼不眨地盯着局长,于局长作出他所期待的选择是不利的,他低下头,就是留给局长一个不受逼视的软空间,对这个无法回避的残酷作出自己的整合。

"我不记得我丢过钱。"局长说。

局长说这句话的时候,是一种轻淡的口吻,却也没有否定小偷坦白的事实,只是不记得。他做出这样的回答,是在接到李警察的电话之后,出门上路回到他的办公室时就已整合出来的选择。李警察在电话里向他报告了小偷要对他坦白的要求,他就准确无误地判断出小偷要对他说什么事了。那一刻,他同时感到了地狱的恐惧。这个突然袭来的灾难,比之本市发生的几十年不遇的恶性案件对他更具威压。任何恶性案件的发生,只是增加他的工作压力,对他本人并不构成威胁;这个小蟊贼所作的案子虽然不足挂齿,却对他个人的命运直接造成威胁。如此之突然。如此之意料不及。毁灭之网竟然由一个小偷对他撒开。对这样的灾难从来未有心理防范准备,没有先例也就没有参照可循,真是无法找到一个安全可行的办法来处理这个小偷已经抛出的罗网。他现在说出的听来不大在意的话,是他所能说出的自认为最恰当的话。

小偷仍然低垂着头。他在专心致志地解析着局长的话,尚不敢轻率作出反应。

"说,你还偷过谁?"局长说,"包括你在社会上作的案。"

小偷水工当即意识到,不能让局长就这样轻松地滑开。他甚至在这一刻产生了一种蔑视,你没有作出任何一点儿承诺,怎么可能让我松开咬你的口呢?你怎么可能轻轻松松逃开了呢!他才不想向局长坦白其他偷盗案件。他相信局长其实也无心听他交代其他偷盗案件。他继续低垂着头,而不想和局长对视,就说——

"我偷过别人,钱数都很少。我偷你偷的次数最多,有两次数字很大。"

他说完仍然低着头。他不想看局长眼里的脸上的感情反应,避免对抗,仍然想留给局长一个重新掂量的软环境,以期盼局长朝着有利于自己结局的方向转折。

"你胡说哩嘛!我办公室顶多留一点抽烟和吃饭的零钱,谁拿了也不在乎。我的同事常从我抽屉拿钱让我犒劳他们。"局长说。

这真是稀罕的案情,不管它大小,都是稀罕。小偷坦白招供他偷了局长,局长却拒不接受。局长针对小偷的进攻,做出尽可能轻淡又轻松的反应,让怀着最阴毒的目的的小偷逐渐接受这样的理念,你手里攥着的那个把柄,已经没有证据,可以用如上的话不大费劲就化解了。局长已经意识到现在到了最危险的当口儿,对手已经兜出他攥着的最后的王牌了,他反而比初听到电话报告、初见这个小偷时更具信心了。

小偷听到这里,也已无路可择,更坚定了按最初的一招进行到底,现在还不是这一招完全失败完全捞空的时候。他仍然低着头,说得更具体,把撒手锏抛了出来——

"我有两次偷你都偷得五位数。你都没有报案。"

这个话里的潜台词是明白不过的。小偷明白,被偷的局长更明白。李警察把电话打给他的时候,他的脑子里立即蹦出来的就是这两次被盗的五位数的款子,致命在于他两次被盗都没有报案,这是他现在最难排除的心惊肉跳的致命的穴位。小偷已经把话说到头了,他只要把小偷最得意的这个把柄化解掉,就会彻底粉碎这个小蟊贼的阴招了。他反其道而行,索性把小偷的阴招全部掰开:

"你可以说你偷我的数字是六位七位数。你说得越大,我越无法解说这些钱的来源。你想反咬一口让我解脱你。我明白。你这点小九九很阴毒,可谁会信呢?你想想你诬陷的后果,比你偷盗的行为要严重得多。"

小偷水工现在才感到了软弱。他抛出撒手锏而没有收到杀伤性效果,就感觉手里空空心里也空空的软弱了。他现在才重新感觉到了局长警衣肩头的那个标志性符号,是这个大院里人人敬畏人人仰慕的唯一一个标志符号,是最具分量的。还有那个黄帆布包,就放在旁首的桌子上,这个过时的稀世陈物也对他软弱下来的心构成一个沉重的压力。

局长觉得这个飞来的横祸应该过去了,化险为夷了。他现在才能拿出自己的一招儿。他清楚小偷要什么。他在李警察报给他的案情电话的最初反应,感觉到了横祸的同时,也明白小偷要向他坦白的目的,其实说穿了就是一点小小的勾当。他不能在小偷的胁迫下让小偷的欲望得到满足,留下心灵深处的亏损。他要把小偷这个歹毒阴险的招数粉碎之后,不失局长体面地给予他一点满足。

"你偷了同志们包括我的一些零用钱,算不上什么大事,老老实实交代,争取宽大处理。但——"局长说,"这件事性质恶劣,影响太坏!你居然敢在公安局行窃。我当然得亲自过问了。"

小偷水工听到这里,似乎心里有数了。他的脑袋此刻抵得住一台高速高效运转着的电脑,条分缕析,字斟句酌,刨皮搜核儿,既是一位精确的语言大师,又是一位洞察微明的心理学家。他已经判断出来,关于他偷盗案件的性质和处理结果,都包含其中,而且为他下来要做的口供定准了调子。小偷水工准确无误地抓住了局长这段话里的关键词:零用钱。把局长两次被他盗走的均上了五位数的款子缩小为零用钱的一般范围,于他就"算不上什么大事"了,于局长也就更算不上什么大事了,被盗大额款子而不报案的嫌疑也就化解无虞了。局长后半句话的意思,无论性质多么恶劣,影响坏到怎样的程度,并不依此为据来量刑,真实的用意只是解释局长为这件小案子而出马的因由。这样,小偷要见局长的目的已经达到,蓄谋的一招已经实现了效果,就该及时回报,让被他咬住的大猫也心底坦然。他当即对局长说:"局长,我没偷过你。我连你的'零用钱'也没偷过。打死我我都说这话。"

局长已经转身拉开了门,对刘警察做出纯粹业务式的安排:"就这样,暂时就这样了。太晚了你先把他关起来。明天我安排人正式审讯。"

小偷被刘警察带到四楼一间空荡无物的房子,把手铐的另一半扣死在墙上的一个钢环上。他在心里嘲笑刘警察,你不给我戴铐子我都不会逃跑了,你不锁门我都不会逃跑了,我现在还有什么必要逃跑呢!当屋子里剩下他一个人的时候,顿然觉得被抽了骨头也被挑除了筋儿的疲软,高度的精神紧张一旦解除,攥紧的心一旦松开,比射精快感退去之后的疲软还要疲软,欲望完全满足之后的慵懒被瞌睡挟裹着进入温柔之乡。在跨进梦乡之门的最后一缕清醒的意识里,他的脑海里久久闪现着局长最后一瞥的目光。他对局长用压低了的声音说他连局长的"零用钱"也没偷过的时候,局长只瞥了他一眼就迅即避开了。那一瞥忽悠一闪之后就深掩不漏了;初见的那一刻和现在令他仍然挥之不去的这一刻,他在心里一次又一次地发出吟诵,他和我一样其实都是鼠哇!

三天之后一日,局长被"双规"。

李警察几乎在局长被"双规"的当天,在南方的海滨就知道了这个惊天的消息。电话是刘警察打给他的。他当时正在温厚的海水里游着。他是一个生长在北方旱地却擅长水性的人,难得有大海这样施展生理优势的好水。他回到沙滩上休息的时候,手提电话响了。他听到刘警察报告的消息时如同发生了地震,一打挺就从沙滩上跳了起来,连声问:"你说啥你说啥你说啥?"

极端的震惊之后也是一种疲软。李警察躺在沙滩上,也如同被人抽了筋剔了骨似的疲软。他也开始向温柔之乡移动,在进入梦乡的门槛时尚存的一缕清醒里,眼前像蝴蝶一样飘忽闪动着局长那只黄绿色的帆布挎包。到李警察从沙滩上重新站立起来时,这只黄绿色帆布挎包还历历飞舞在眼前,不过里边不再装着敬重和风度,而是老鼠和蛤蟆以及浸淫的耻辱和肮脏了。

晚上,李警察躺在宾馆的房间里,妻子又打来电话告诉他局长被"双规"的消息。他说刘警察已经告诉过他了。妻子似乎抑制不住惊奇和新鲜,说事情的起因正是他出差前夜撞上的小偷牵扯出来的。他说他知道,刘警察已经说过了。妻子仍然不甘心扫兴,告诉他局长被宣布"双规"的有惊无险的情景。局长被省上通知去开会。局长还挎着黄绿帆布包坐三菱车去了。局长走进会议室大门,发现会议室内空无一人,还以为自己是第一个到会者。门后闪出两个人同时扭住了他的胳膊,搜了他的衣兜儿,又搜了他的黄帆布包儿——怕他带枪。然后一位领导从套间出来向他宣布组织的决定。她还告诉他一个细节,就在他的局长被宣布"双规"那一天,日报还登着一篇很长的写他勤政廉洁的通讯,作者把那个黄绿色的帆布包单独列了一章,赞美的句子和诗歌一样。他却为那位作者解脱:"我要是那位作者也会这么写的。"使妻子大为扫兴,把局长东窗事发的过程和细节省略不说了。

半个月之后,又是海滨,沿着中国陆地的又一个城市的海滨。李警察和他的一位河南籍的同事,循着这个案子的线索又追踪到这个滨海城市来了。他把他的旱鸭子同事拖到海边来。他在海里劈水斩浪,他的河南籍的旱鸭子朋友在浅水里泡着。他们又先后回到沙滩上抽烟,从报童手里买来一份当地的晚报,翻出来有关他们局长的新闻报道。通栏大标题,醒目,震人。他和他的同事挤蹭着头,几乎同时看完了标题很大而内文不长的文章,过目不忘的是最刺眼的一段文字:小偷交代说,他偷过局长十二次,累计偷得六位数的赃款。他偷第一次时,局长还是办公室副主任。局长升主任时,他偷过。局长升副局长时,他也偷过。局长升成局长时,他仍然偷。无论偷多偷少,局长都没报过案。局长在"双规"期间交代,这些被偷的钱都是赃款……

李警察的河南籍同事拍了一巴掌报纸:"我操!"

李警察接着用自己的乡土话应和:"我日他妈。"

李警察的同事转过脸模仿李警察的口音:"我日他妈!"

李警察顿然也想滑稽一回,模仿他的河南籍同事的口音:"操!"

2002年7月27日于原下

李十三推磨

"娘……的……儿——"

一句戏词写到特别顺畅也特别得意处,李十三就唱出声来。实际上,每一句戏词乃至每一句白口,都是自己在心里敲着鼓点和着弦索默唱着吟诵着,几经反复敲打斟酌,最终再经过手中那支换了又半秃了的毛笔落到麻纸上的。他已经买不起稍好的宣纸,改用便宜得多的麻纸了。虽说麻纸粗而且硬,却韧得类似牛皮,倒是耐得十遍百遍的揉搓啊翻揭啊。一本大戏写成,交给皮影班社那伙人手里,要反复背唱词对白口,不知要翻过来揭过去几十几百遍,麻纸比又软又薄的宣纸耐得揉搓。

"儿……的……娘——"

李十三唱着写着,心里的那个舒悦那分受活是无与伦比的,却听见院里一声呵斥:

"你听那个老疯子唱啥哩?把墙上的瓦都蹭掉了……"

这是夫人在院子里吆喝的声音,且不止一回两回了。他忘情唱戏的嗓音,从屋门和窗子传播到邻家也传播到街巷里,人们怕打扰他不便走进他的屋院,却又抑制不住那勾人的唱腔,便从邻家的院子悄悄爬上他家的墙头,有老汉小子有婆娘女子,把墙头上掺接的灰瓦都扒蹭掉了。他的夫人一吆喝,那些脑袋就消失了,他的夫人回到屋里去纺线织布,那些脑袋又从墙头上冒出来。夫人不知多少回劝他,你爱编爱写就编去写去,你甭唱唱喝喝总该能成嘛!他每一次都保证说记住了再不会唱出口了,却在写到得意受活时仍然唱得畅快淋漓,甭说蹭掉墙头几页瓦,把围墙拥推倒了也忍不住口。

"儿……啊……"

"娘……啊……"

李十三先扮一声妇人的细声,接着又扮男儿的粗声,正唱到母子俩生死攸关处,夫人推门进来,他丝毫没有察觉,突然听到夫人不无烦厌倒也半隐着的气话:"唱你妈的脚哩!"

李十三从椅子上转过身,就看见夫人不愠不怒也不高兴的脸色,半天才从戏剧世界转折过来,愣愣地问:"咋咧吗?出啥事咧?"

"晌午饭还吃不吃?"

"这还用问,当然吃嘛!"

"吃啥哩?"

这是个贤惠的妻子。自踏进李家门楼,一天三顿饭,做之前先请示婆婆,婆婆和公公去世后,自然轮到请示李十三了。李十三还依着多年的习惯,随口说:"粘(干)面一碗。"

"吃不成粘(干)面。"

"吃不成粘(干)的吃汤的。"

"汤面也吃不成。"

"咋吃不成?"

"没面咧。"

"噢……那就熬一碗小米米汤。"

"小米也没有了。"

李十三这才感觉到困境的严重性,也才完全清醒过来,从正在编写的那本戏里的生死离别的母子的屋院跌落到自家的锅碗灶膛之间。正为难处,夫人又说了:"只剩下一盆包谷糁子,你又喝不得。"

他确凿喝不得包谷糁子稀饭,喝了一辈子,胃撑不住了,喝下去不到半个时辰就吐酸水,清淋淋的酸水不断线地涌到口腔里,胃已经隐隐作痛几年了。想到包谷糁子的折磨,他不由得火了:"没面了你咋不早说?"

"我大前日格前日格昨日格都给你说了,叫你去借麦子磨面……你忘了,倒还怪我。"

李十三顿时就软了,说:"你先去隔壁借一碗面。"

"我都借过三家三碗咧……"

"再借一回……再把脸抹一回。"

夫人脸上掠过一缕不悦,却没有顶撞,刚转过身要出门,院里突响起一声嘎嘣脆亮的呼叫:"十三哥!"

再没有这样熟悉这样悦耳这样听来让人从头到脚从里到外都感觉到快乐的声音了,这是田舍娃嘛!又是在这样令人困窘得干摆手空跺脚的时候,听一听田舍娃的声音不仅心头缓过愉悦来,似乎连晌午饭都可以省去。田舍娃是渭北几家皮影班社里最具名望的一家班主,号称"两硬"班子,即嘴硬——唱得好,手硬——耍皮影的技巧好。李十三的一本新戏编写成功,都是先交给田舍娃的戏班排练演出。他和田舍娃那七八个兄弟从合排开始,夜夜在一起,帮助他们掌握人物性情和剧情演变里的种种复杂关系,还有锣鼓铙钹的轻重……直到他看得满意了,才放手让他们去演出。这个把他秃笔塑造的男女活脱到观众眼前的田舍娃,怎么掂他在自己心里的分量都不过分。

"舍娃子,快来快来!"

李十三从椅子上喊起来站起来的同时,田舍娃已走进门来,差点儿和走到门口的夫人撞到一起,只听咚的一声响,夫人闪了个趔趄,倒是未摔倒,田舍娃自己折不住腰,重重地摔倒在木门槛上。李十三抢上两步扶田舍娃的时候,同时看见摔摺在门槛上的布口袋,咚的沉闷的响声是装着粮食的口袋落地时发出的。他扶田舍娃起来的同时就发出诘问:"你背口袋做啥?"

"我给你背了二斗麦。"田舍娃拍打着衣襟上和裤腿上的土末儿。

"你人来了就好——我也想你了,可你背这粮食弄啥嘛!"李十三说。

"给你吃嘛!"

"我有吃的哩!麦子豌豆谷子包谷都不缺喀!"

田舍娃不想再说粮食的事,脸上急骤转换出一副看似责备实则亲畅的神气:"哎呀我的老哥呀!兄弟进门先跌个跟斗,你不拉不扶倒罢了,连个板凳也不让坐吗?"

李十三赶紧搬过一只独凳。田舍娃坐下的同时,李夫人把一碗凉开水递到手上了。田舍娃故作嘘叹地说:"啊呀呀!还是嫂子对兄弟好——知道我一路跑渴了。"

李十三却以不容置疑的口气对妻子说:"快,快去擀面,舍娃跑了几十里肯定饿了。今晌午咥粘(干)面。"

夫人转身出了书房,肯定是借面去了。她心里此刻倒是踏实,田舍娃背来了二斗麦子,明天磨成面,此前借下的几碗麦子面都可以还清了。

田舍娃问:"哥咃,正谋算啥新戏本哩?"

李十三说:"闲是闲不下的,正谋算哩,还没谋算成哩。"

田舍娃说:"说一段儿唱几句,让兄弟先享个耳福。"

"说不成。没弄完的戏不能唱给旁人。"李十三说,"咋哩?馍没蒸熟揭了锅盖跑了汽,馍就蒸成死疙瘩了。"

田舍娃其实早都知道李十三写戏的这条规矩,之所以明知故问,不过是无话找话,改变一下话题,担心李十三再纠缠他送麦子的事。他随之悄声悦气地开了另一个话头:"哥呀,这一向的场子欢得很,我的嗓子都有些招不住了,招不住还歇不成凉不下。几年都不遇今年这么欢的场子,差不多天天晚上有戏演。你知道咯——有戏唱就有麦子往回背,弟兄们碗里就有粘(干)面咥!"

李十三在田舍娃得意的欢声浪语里也陶醉了一阵子。他知道麦子收罢秋苗锄草施肥结束的这个相对松泛的时节,渭河流域的关中地区每个大小村庄都有"忙罢会",约定一天,亲朋好友都来聚会,多有话丰收的诗蕴,也有夏收大忙之后歇息娱乐的放松。许多村子在"忙罢会"到来的前一晚,约请皮影班社到村里来演戏,每家不过均摊半升一升麦子而已。这是皮影班社一年里演出场子最欢的季节,甚至超过过年。待田舍娃刚一打住兴奋得意的话茬儿,李十三却眉头一皱眼仁一聚,问:"今年渭北久旱不雨,小麦歉收,你的场子咋还倒欢了红火咧?"

"戏好嘛!咱的戏演得好嘛!你的戏编得好嘛!"田舍娃不假思索张口就是爽快地回答,"《春秋配》《火焰驹》一个村接着一个村演,那些婆娘那些老汉看十遍八遍都看不够,在自家村看了,又赶到邻村去看,演到哪里赶到哪里……"

"噢……"李十三眉头解开,有一种欣慰。

"我的十三哥呀,你的那个黄桂英,把乡下人不管穷的富的老的少的男的女的都看得迷格登登的。"田舍娃说,"有人编下口歌,'权当少收麦一升,也要看一回黄桂英'。人都不管丰年歉年的光景咧!"

说的正说到得意处,听的也不无得意,夫人走到当面请示:"话说完了没?我把面擀好了,切不切下不下?"

"下。"李十三说。

"只给俺哥下一个人吃的面。我来时吃过了。"田舍娃说着已站立起来,把他扛来的装着麦子的口袋提起来,问,"粮缸在哪儿,快让我把粮食倒下。"

李十三拽着田舍娃的胳膊,不依不饶非要他吃完饭再走,夫人也是不停嘴地挽留。田舍娃正当英年,体壮气粗,李十三拉扯了几下,已经气喘不迭,厉声咳嗽起来,长期胃病,又添了气短气喘的毛病。田舍娃提着口袋绕进另一间屋子,揭开一只齐胸高的瓷瓮的木盖,吓了一跳,里边竟是空的。他把口袋扛在肩上,松开扎口,哗啦一声,二斗小麦倒得一粒不剩。田舍娃随之把跟脚过来的李十三夫妇按住,扑通跪到地上:"哥呀!我来迟了。我万万没想到你把光景过到盆干瓮净的地步……我昨日格听到你的村子一个看戏的人说了你的光景不好,今日格赶紧先送二斗麦过来……"说着已泪流不止。

李十三拉起田舍娃,一脸感动之色里不无羞愧:"怪我不会务庄稼,今年又缺雨,麦子长成猴毛,碌碡停了,麦也吃完了……哈哈哈。"他自嘲地撑硬着仰头大笑。夫人在一旁替他开脱:"舍娃你哭啥嘿?你哥从早到晚唱唱喝喝都不愁……"

田舍娃抹一把泪脸,瞪着眼说:"只要我这个唱戏的有的吃,咋也不能把编戏的哥饿下!我吃粘(干)面决不让你吃稀汤面。"随之又转过脸,对夫人说:"嫂子,俺哥爱吃粘(干)的汤的尽由他挑。过几天我再把麦背来。"

田舍娃抱拳鞠躬者三,又绽出笑脸:"今黑还要赶场子,兄弟得走了。"刚走出门到院子里,又折回身:"哥呀!我知道你手里正谋算一本新戏哩!我等着。"

"好!你等着。"李十三嗓门亮起来。说到戏,他把啥不愉快的事都掀开了,"有得麦吃,哥就再没啥扰心的事了。"

李十三和他的夫人运动在磨道上。两块足有一尺多厚的圆形石质磨盘,合丝卡缝地叠摞在一起,上扇有一个小孩拳头大小的孔眼,倒在上扇的麦粒,通过这只孔眼溜下去,在转动着的上扇和固定着的下扇之间反复压磨,再从磨口里流出来。上扇磨石半腰上捆绑一根结实的粗木杠子,通常是用牲口套绳和它连接起来,有骡马的富户套骡马拽磨,速度是最快的了;一般农户就用自养的犍牛或母牛拽磨,也很悠闲;穷到连一条狗都养不起的人家,就只好发动全家大小上套,不是拽而是推着磨盘转动了。人说"拽犁推磨打土坯"是乡村农活里头三道最硬茬的活儿,通常都是那些膀宽腰圆的汉子才敢下手的,再就是那些穷得养不起牲口也请不起帮手的人,才自己出手硬撑死扛。年届六十二岁的李十三,现在把木杠抱在怀里,双臂从木杠下边倒钩上来反抓住木杠,那木杠就横在他的胸腹交界的地方,身体自然前倾,双腿自然后蹬,这样才能使上力鼓上劲,把几百斤重的磨盘推动起来旋转起来。他的位置在磨杠的梢头一端,俗称外套,是最鼓得上力的位置,如果用双套牲口拽磨,这位置通常是套犍牛或二马子的。他的夫人贴着磨道的内套位置,把磨杠也是横夯在胸腹交界处,只是推磨的胳膊使力的架势略有差异,她的右手从磨杠上边弯过去,把木杠搂到怀里,左手时不时扒拉一下磨扇顶上的麦子,等得磨缝里研磨溜出的细碎的麦子在磨盘上成堆的时候,她就用小木簸箕揽了。离开磨道,走到罗柜跟前,揭开木盖,把磨碎的麦子倒入罗柜里的金丝罗子,再盖上木盖,然后扳动摇把儿,罗子就在罗柜里咣当咣当响起来,这是磨面这种农活的象征性声响。

"你也歇一下下儿。"

李十三听见夫人关爱的声音,瞅一眼摇着拐把的夫人的脸,那瘦削的肩膀摆动着。他抬起一只胳膊用袖头抹一抹额上脸上的汗水,不仅没有停歇下来,反倒哼唱起来了:"娘……的……儿——"一句戏词没唱完,似乎气都堵得拔不出来,便哑了声,喘着气,一个人推着磨扇缓缓地转动,又禁不住自嘲起来:"老婆子哎!你说我本该是当县官的材料,咋的就落脚到磨道里当牛作马使唤?还算不上个快马,连个蔫牛也不抵……唉!怕是祖上先人把香插错了香炉……"

"命……"夫人停住摇把,从罗柜里取出罗子,把罗过的碎麦皮倒进斗里,几步走过来,又回到磨道里她的套路上,习惯性地抱住磨杠推起来,又重复一遍,"命。"

李十三似接似拒的口吻,沉吟一声:"命……"

李十三推着石磨。要把一斗麦子的面粉磨光罗尽,不知要转几百上千个圈圈,称得"路漫漫其修远兮"了。他的求官之路,类如这磨道。他十九岁考中秀才,令家人喜不自禁,也令乡邻羡慕;二十年后的三十九岁省试里考中举人,虽说费时长了点儿,却在陕西全省排在前二十名,离北京的距离却近了;再苦读十三年后到五十二岁上,他拉着骡子驮着干粮满腹经纶进北京会试去了。此时嘉庆刚主政四年,由纪昀任主考官,录取完规定的正编名额后,又拟录了六十四名作为候补备用的人。李十三的名字在这个候补名单里。按嘉庆的考制,拟录的人按县级官制待遇,却不发饷银,只是虚名罢了。等得牛年马月有了县官空缺,点到你的名字上,就可以走马上任做实质性的县官领取县级官饷了。李十三深知这其中的空间很大很深,猫腻狗骚都使得上却看不见。恰是在对这个"拟录"等待的深度畏惧发生的时候,失望同时并生了,做官的欲望就在那一刻断灭。是他的性情使他发生了这个人生的重大转折,凭学识凭本事争不到手的光宗耀祖的官衔,拿银子换来就等于给祖坟上泼了狗尿。

他依着渭河北部高原民间流行的小戏碗碗腔的种种板路曲谱,写起戏本来了。第一本名叫《春秋配》,交给田舍娃的皮影班社,得了田舍娃的好嗓子,也得了他双手绝巧的"耍杆子"的技艺,这个戏一炮打响,演遍了渭北的大村小庄……他现在迷在写戏的巨大兴趣之中,已有八本大戏两本小戏供那些皮影班社轮番演出……现在,他和夫人合抱一根木杠,在磨道里转圈圈,把田舍娃昨日晌午送来的麦子磨成白面,就不再操心锅里没面煮的事了……

"十三哥十三哥十三哥——"

田舍娃的叫声。昨日刚来过怎么又来了？田舍娃压抑着嗓门的连声呼叫还没落定，人已窜进磨房喘着粗气。收住脚，与从磨道里转过来的李十三面对面站着，整个一副惶恐失措的神色。未等李十三开口，田舍娃仍压低嗓门儿说："哥呀，不得了咧……"

李十三喘着气，却不问，他和夫人在自家磨道推磨子，闭着眼也推不到岔道上去，能有什么了不得的祸事呢！那一瞬，他甚至料定田舍娃是虚张声势。虚张声势夸大事态往往是这些皮影艺人的职业习性。

"哥呀！皇上派人抓你来咧……"

李十三嘿的一声不着意地轻淡地笑："你也算是当了爸的人了，咋还说这些没根没影的话……"

田舍娃见李十三不信，当下急得失了色变了脸，双手击捶出很响的声音，像道戏曲白口一般急骤地叙说起来："嘉庆爷派的差官已经到县上咧。我奶妈的三娃在县衙当伙夫，听到这事赶紧叫人把信儿传给我。我撂下饭碗赶紧跑过来给你透风报信。你还大咧咧地信不下……"

李十三打断田舍娃的话问："说没说我犯了哪条王法？"

"'淫词秽调'——"田舍娃说，"皇上爷亲口说你编的戏是'淫词秽调'，如野草般疯长，已经传流到好多省去了。皇上爷很恼火,派专使到渭南,指名要'提李十三进京',还说连我这一帮演过你的戏的皮影客也不放手……"

田舍娃说着说着就自动打住口,哑了声。他叙述这个因由的过程,突出的眉棱下的两只燕尾形的眼睛一直紧盯着他亲爱的李十三哥,连扶着磨杠的嫂夫人一眼也顾不及看。他看着李十三由不信不屑不嗤的眼神脸色逐渐转换出现在这副吓人的神色,两眼瞪得一动不动一眨不眨,脸色由灰黄变成灰白,辨不清是气恨还是惧怕,倒吓得田舍娃不敢再往下说了。

李十三突然猛挺起身子,头往后一仰,又往前一倾,噢地叫了一声,从嘴里喷出一股血来。田舍娃眼见一道鲜亮如同朝阳的红光闪耀了一下,整个磨房弥漫起红色的光焰,又如同一条血的飞瀑,呼啸着爆响着飞溅出去,落在磨扇顶端已经磨碎的麦粒上,也泼洒在琢刻着石棱的磨扇上。磨盘上堆积着的尚未收揽的碎麦麸顷刻间也染红了,田舍娃噢呀惊叫一声,吓愣了。

李十三又挺起胸来,头先往后一仰,即刻再往前用力一倾,又一道血的光焰血的飞瀑喷洒出去,随之横跌在磨盘上,一只手垂下来。

田舍娃手足无措地站在一边,突然灵动过来,一把抱起李十三,轻轻地摆平仰躺在地上。夫人也早吓蒙了,忙蹲下身为李十三抚胸搓背,连声呼叫:"你不能走呀,你甭走呀……"随之掐住了丈夫的鼻根。

许久,李十三终于睁开眼睛了,顺手拨开了夫人掐着他鼻根的手。稍停半刻,他两手撑地要坐起来。夫人和田舍娃急忙从两边帮扶着。李十三坐起来。田舍娃这时才哭出声来。夫人也哭了。

李十三舒了口气,看着田舍娃说:"你咋不跑还在这儿?"

"你是这样子,我咋跑呀!"田舍娃说,"让人家把咱俩一块儿提走,我好招呼着你。"

李十三摇摇头:"咱俩得跑。"

田舍娃忙接上说:"就等你这句话哩,快走。"

李十三站起来,走了两步试了试腿脚,还可以走动,便对夫人说:"你也甭操心了。你操心也是白操——皇上要我的命,你还能挡住?挡不住喀。我要是命大能跑脱,会捎话给你,会来取戏本的——这本戏刚写到热闹的空当儿,你给我藏好。"

两人装出无什么要紧事的做派,走出门,走过村巷,还和村人打着礼仪性的招呼。村人乡党打问今晚在哪个村子摆场子,舍娃说在北原上很远很远的一个寨子。乡党直惋叹太远太远了。两人出了村子,两人又从出村的这条宽敞的土路拐上一条一步多宽的岔路,两边是高过人头的包谷苗子。隐入无边无际的包谷绿秆之中,似乎有一种被遮蔽的安全感。两人不约而同又拐上一条岔道。岔道上铺满青草,泛着一缕缕薄荷的清香。两人又绕过水渠,清凌凌的水已经没有诗意了,渠沿上的白杨也没有诗意了。这渠水和这白杨是最容易诱发诗意的景致,他每一次踏过渠上的木桥或直接绕过这水渠的时候,都忍不住驻足品味,都忍不住撩起水来洗一把脸。现在只有奔逃的恓惶和恐惧了。李十三在用力跳过渠的时候,有一阵晕眩,眼睛黑了一瞬,驻足的同时,又吐出一口血来。稍作缓息,田舍娃搀扶着他继续走着。两边依旧是密不透风的包谷秆子,青幽幽闷腾腾的田野。走到这条小路的尽头,遇到一道土塄,分成又一个岔口。李十三站住脚:"咱俩该分手了。"

田舍娃愣了一下,头连着摇:"分手?谁跟谁分手?我跟你分手——我死都跟你不分手。"

李十三说:"咱俩总不能傻到让人家一搭儿抓了,再一窝端了一锅蒸了嘛!留下一个会唱会耍竿竿儿的(支撑皮影的竹竿)人嘛!"

"不成不成不成!"田舍娃的头摇得更欢了,"耍竿竿儿的人多,死了我还有那一大帮伙计,会编戏的只是你十三哥——死谁都不能死你。"

"是这样嘛——"李十三说,"咱俩谁都不该死。咱俩谁都不死当然顶好咧!现时死临头了,咱俩分开跑,逃过一个算一个,逃过两个更好。千万不能一锅给人家煮了蒸了。"

田舍娃还是听不进去:"你这么个病身子,我把你撂下撒下,我就是你戏里头写的那号负义的贼了。"

李十三说:"我的戏本都压在你的箱子里,旁人传抄的不全,有的乱删乱添,只有你拿的本子是我的原装本子。想想,把我杀了不当紧,我把戏写成了。要是把你杀了又抄了家,连戏本子都会给人家烧成灰了……你而今活着比我活着还当紧。"

田舍娃这下子不说话了。

李十三又说:"你活着就是顶替我活着。"

田舍娃出着粗气,眼泪涌出了。

"你的命现在比我的命贵重。"李十三再加重说,"快走赶快跑,哥的戏本就指望你了。"

李十三转过身走了。

田舍娃急抢两步,堵在李十三面前,扑通跪在路上,连磕三个响头,站起来又抱拳作揖者三,瞪着眼睛说:"我的哥呀!你放心走,只要有我舍娃子一条命,你的戏本一个字都丢不了!"

"你的命丢了,本子也甭丢。"李十三也狠起来,"你先把戏本藏好再逃命。"

"记下了。"田舍娃跑走了,跑到一畛谷子地里,对着坡塄骂了一句,"嘉庆呀嘉庆,我没有你这个爷了。"

田野静寂无声。

李十三顺着这条慢坡路走着。他想到应该斜插到另一个方向的梯田里去,谁会傻到顺着一条上渭北高原的官路逃亡呢?他不想逃跑,又不想被抓住。他确凿断定自己活不了几个时辰了。他只不过不想死到北京,也不想活着看见那个受嘉庆爷之命前来抓他的差官的脸。他也不想死在磨道里或死在炕上,那样会让他的夫人更恓惶,活着没能让她享福,死时却可以不让她受急迫。他也不想死在田舍娃当面,越是相好的人越想死得离他远点。

莽莽苍苍的渭北高原是最好的死地。

李十三面朝着渭北高原背对着渭河平原,往前一步一步挪脚移步,他又吐出一口血。血把脚下被人踩踏成细粉一般的黄土打湿了,瞬间就辨不出是血是水了。

再挣扎到一个塄坎上的时候,他又吐血了。

当他又预感到要吐血的时候,似乎清晰地意识到这是最后一口所能喷吐出来的血了。他已经走出村子二十里路了,在这一瞬转过身来,眺望一眼被绿色覆盖的关中和流过关中的渭河。他吐出最后一口血,仰跌在土路上,再也看不见渭北高原上空的太阳和云彩了。

　　约略记得是上世纪五十年代末,我在周六从学校回家去背下一周的干粮,路上的男男女女老人小孩纷纷涌动,有的手里提着一只小木凳,有的用手帕包着馒头,说是要到马家村去看电影。这部电影是把秦腔第一次搬上银幕的《火焰驹》,十村八寨都兴奋起来。太阳尚未落山,临近村庄的人已按捺不住,挎着凳子提着干粮去抢占前排位置了。我回到家匆匆吃了饭,便和同村伙伴结伙赶去看电影了。"日行千里夜行八百"的火焰驹固然神奇,而那个不嫌贫爱富因而也不背信弃义更死心不改与落难公子婚约的黄桂英,记忆深处至今还留着舞台上那副顾盼动人的模样。这个黄桂英不单给乡村那些穷娃昼思夜梦的美好期盼,城市里的年轻人何尝不是同一心理向往。直到五十年后的今天我才弄清楚,《火焰驹》的原始作者名叫李十三。

　　李十三,本名李芳桂,渭南县蔺店乡人。他出生的那个村子叫李十三村。据说唐代把渭北地区凡李姓氏族聚居的村子,以数字编序排列命名,类似北京的××八条、××十条或十二条。李芳桂念书苦读一门心思为着科举高中,一路苦苦赶考直到五十二岁,才弄到个没有实质内容的"候补"空额,突然于失望之后反倒灵醒了,便不想再跑那条路了。这当儿皮影戏在渭北兴起正演得红火,却苦于找不到好戏本,皮影班社的头儿便把眼睛瞅住这个文墨深不知底的人。架不住几个皮影班头的怂恿哄抬,李十三答应"试火一下",即文人们常说的试笔。这样,李十三的第一部戏剧处女作《春秋配》就"试火"出来了。且不说这本戏当年如何以皮影演出走红渭北,近二百年来已被改编为秦腔、京剧、川剧、豫剧、晋剧、汉剧、湘剧、滇剧和河北梆子等。这一笔"试火"得真是了得!大约自此时起,李十三这个他出生并生活的村子名称成了他的名字。李芳桂的名字以往只出现或者只应用在各级科举的考卷和公布榜上,民间却以李十三取而代之。民间对"李芳桂"的废弃,正应合着他人生另一条道路的开始,编戏。

李十三生于一七四八年,距今二百六十年了。我专门打问了剧作家陈彦,证实李十三确凿是陕西地方戏剧碗碗腔秦腔剧本的第一位剧作家,而且是批量生产。自五十二岁摈弃仕途试笔写戏,到六十二岁被嘉庆爷通缉吓死或气死(民间一说吓死一说气死,还有说气吓致死)的十年间,写出了八部本戏和两部小折子戏,通称十大本:《春秋配》、《白玉钿》、《火焰驹》、《万福莲》、《如意簪》、《香莲口》、《紫霞宫》、《玉燕钗》,《四岔》和《锄谷》是折子戏。这些戏本中的许多剧目,随后几乎被中国各大地方剧种都改编演出过,经近二百年而不衰。我很自然地发生猜想,中国南北各地差异很大的方言,唱着说着这位老陕的剧词会是怎样一番妙趣。不会说普通话更没听过南方各路口音的李十三,如若坐在湘剧京剧剧场里观赏他的某一本戏的演出,当会增聚起抵御嘉庆爷捉拿的几分胆量和气度吧,起码会对他点灯熬油和推磨之辛劳,添一份欣慰吧!

然而,李十三肯定不会料到,在他被嘉庆爷气吓得磨道喷吐鲜血,直到把血吐尽在渭北高原的黄土路上气绝而亡之后的大约一百五十年,一位秦腔剧作家把他的《万福莲》改编为《女巡按》,大获好评更热演不衰。北京有一位赫赫盛名的剧作家田汉,接着把《女巡按》改编为京剧《谢瑶环》,也引起不小轰动。刚轰动了一下还没轰得太热,《谢瑶环》被批判,批判文章几成铺天盖地之势。看来田汉胆子大点儿气度也宽,没有吐血。

一切都已成为过去。过去了的事就成历史了。

我从剧作家陈彦的文章中获得李十三推磨这个细节时,

竟毛躁得难以成眠。在几种思绪里只有一点纯属自我的得意,即我曾经说过写作这活儿,不在乎写作者吃的是馍还是面包,睡的是席梦思还是土炕,屋墙上挂的是字画还是锄头,关键在于那根神经对文字敏感的程度。我从李十三这位乡党在磨道里推磨的细节上又一次获得确信,是那根对文字尤为敏感的神经,驱使着李十三点灯熬油自我陶醉在戏剧创作的无与伦比的巨大快活之中,喝一碗米粥咥一碗粘(干)面或汤面就知足了。即使落魄到为吃一碗面需得启动六十二岁的老胳膊硬腿去推石磨的地步,仍然是得意忘情地陶醉在磨道里,全是那根虽然年事已高依然保持着对文字敏感的神经,闹得他手里那支毛笔无论如何也停歇不下来。磨完麦子撂下推磨的木杠,又钻进那间摆置着一张方桌一把椅子一条板凳的屋子,掂起笔杆揭开砚台蘸墨吟诵戏词了……唯一的实惠是田舍娃捐赠的二斗小麦。

　　同样是这根对文字太过敏感的神经,却招架不住嘉庆爷的黑煞脸,竟然一吓一气就绷断了,那支毛笔才彻底地闲置下来。我就想把他写进我的文字里。

2007年5月9日二府庄

告别白鸽

老舅到家里来,话题总是离不开退休后的生活内容,谈到他还可以干翻扎麦地这种最重的农活儿,很自豪的神情;养着一只大奶羊,早晨起来挤下羊奶煮熟和孙子喝了,孙子去上学,他则牵着羊到坡地里去放牧,挺诱人的一种惬意的神色;说他还养着一群鸽子,到山坡上放羊时或每月进城领取退休金时,顺路都要放飞自己的鸽子。我禁不住问:"有白色的没有? 纯白的?"

老舅当即明白了我的话意,不无遗憾地说:"有倒是有……只有一对。"随之又转换成愉悦的口吻:"白鸽马上就要下蛋了,到时候我把小白鸽给你捉来,就不怕它飞跑了。"老舅大约看出我的失望,继续解释说:"那一对老白鸽你养不住,咱们两家原上原下几里路,它一放开就飞回老窝里去了。"

我就等待着,并不焦急,从产卵到孵化再到幼鸽独立生存,差不多得两个月,急是没有用的。我那时正在远离城市的乡下故园里住着读书写作,大约七八年了,对那种纯粹的乡村情调和质朴到近乎平庸的生活,早已生出寂寞,尤其是陷入那部长篇小说的写作以来的三年。这三年里我似乎在穿越一条漫长的历史隧道,仍然看不到出口处的亮光,一种劳动过程之中尤其是每一次劳动中止之后的寂寞围裹着我,常常难以诉述难以排解。我想到能有一对白色的鸽子,心里便生出一缕温情一方圣洁。

出乎我意料的是,一周没过,老舅又来了,而且捉来了一对白鸽。面对我的欣喜和惊讶之情,老舅说:"我回去后想了,干脆让白鸽把蛋下到你这里,在你这里孵出小鸽,它就认你这儿为家咧。再说嘛,你一年到头闷在屋里看书呀写字呀,容易烦。我想到这一层就赶紧给你捉来了。"我看着老舅的那双洞达豁朗的眼睛,心不由怦然颤动起来。

我把那对白鸽接到手里时,发现老舅早已扎住了白鸽的几根羽毛,这样被细线捆扎的鸽子只能在房屋附近飞上飞下,而不会飞高飞远。老舅特别叮嘱说,一旦发现雌鸽产下蛋来,就立即解开它翅膀上被捆扎的羽毛,此时无须担心鸽子飞回老窝去,它离不开它的蛋。至于饲养技术,老舅不屑地说:"只要每天早晨给它撒一把包谷粒儿……"

我在祖居的已经完全破败的老屋的后墙上的土坯缝隙里,砸进了两根木棍子,架上一只硬质包装纸箱,纸箱的右下角剪开一个四方小洞,就把这对白鸽放进去了。这幢已无人居住的破落的老屋似乎从此获得了生气,我总是抑止不住对后墙上的那一对活泼泼的白鸽的关切之情,没遍没数儿地跑到后院里,轻轻地撒上一把玉米粒儿。起始,两只白鸽大约听到玉米粒落地时特异的声响,挤在纸箱四方洞口探头探脑,像是在辨别我投撒食物的举动是真诚的爱意抑或是诱饵?我于是走开,以便它们可以放心进食。

终于出现奇迹。那天早晨,一个美丽的乡村的早晨,我刚刚走出后门扬起右手的一瞬间,扑啦啦一声响,一只白鸽落在我的手臂上,迫不及待地抢夺手心里的玉米粒儿。接着又是扑啦啦一声响,另一只白鸽飞落到我的肩头,旋即又跳弹到手臂上,挤着抢着啄食我手心里的玉米粒儿。四只爪子掐进我的皮肉,有一种痒痒的刺疼。然而听着玉米粒儿从鸽子喉咙滚落下去的撞击的声响,竟然不忍心抖掉鸽子,似乎是一种早就期盼着的信赖终于到来。

又是一个堪称美丽的早晨,飞落到我手臂上啄食玉米的鸽子仅有一只,我随之发现,另外一只静静地卧在纸箱里产卵了。新生命即将诞生的欣喜和某种神秘感,立时就在我的心头漫溢开来。遵照老舅的经验之说,我当即剪除了捆扎鸽子羽毛的绳索,白鸽自由了,那只雌鸽继续钻进纸箱去孵蛋,而那只雄鸽,扑啦啦扑向天空去了。

终于听到了破壳出卵的幼鸽的细嫩的叫声。我站在后院里,先是发现了两只破碎的蛋壳,随之就听到从纸箱里传下来的细嫩的新生命的啼叫声。那声音细弱而又嫩气,如同初生婴儿无意识的本能的啼叫,又是那样令人动心动情。我几乎同时发现,两只白鸽轮番飞进飞出,每一只鸽子的每一次归巢,都使纸箱里欢闹起来,可以推想,父亲或母亲为它们捕捉回来了美味佳肴。

我便在写作的间隙里来到后院,写得拗手时到后院抽一支烟,那哺食的温情和欢乐的声浪会使人的心绪归于清澈和平静,然后重新回到摊着书稿的桌前;写得太顺时我也有意强迫自己停下笔来,到后院里抽一支雪茄,瞅着飞来又飞去的两只忙碌的白鸽,聆听那纸箱里日渐一日愈加喧腾的争夺食物的欢闹,于是我的情绪由亢奋渐渐归于冷静和清醒,自觉调整到最佳写作心态。

这一天,我再也按捺不住神秘的纸箱里小生命的诱惑,端来了木梯,自然是趁着两只白鸽外出采食的间隙。哦!那是两只多么丑陋的小鸽,硕大的脑袋光溜溜的,又长又粗的喙尤其难看,眼睛刚刚睁开,两只肉翅同样光秃秃的,它俩紧紧依偎在一起,静静地等待母亲或父亲归来哺食。我第一次看到了初生形态的鸽子,那丑陋的形态反而使我更急切地期盼蜕变和成长。

我便增加了对白鸽喂食的次数,由每天早晨的一次到早、午、晚三次。我想到白鸽每天从早到晚外出捕捉虫子,不仅活动量大大增加,自身的消耗也自然大大增加,而且把采来的最好的吃食都喂给幼鸽了。

说来挺怪的,我按自己每天三餐的时间给鸽子撒上三次玉米粒,然后坐在书桌前与我正在交缠着的作品里的人物对话,心里竟有一种尤为沉静的感觉,白鸽哺育幼鸽的动人的情景,有形无形地渗透到我对作品人物的气性的把握和描述着的文字之中。

又是一个美丽的早晨,我在往地上撒下一把玉米粒的时候,两只白鸽先后飞下来,它们显然都瘦了,毛色也有点灰脏有点邋遢。我无意间往墙上的纸箱一瞅,两只幼鸽挤在四方洞口,以惊异稚气的眼睛瞅着正在地上啄食的父亲和母亲。那是怎样漂亮的两只幼鸽哟,雪白的羽毛,让人联想到刚刚挤出的牛乳。幼鸽终于长成了,所有可能发生的意外或不测的担心顿然化解了。

那是一个下午,我准备到河边上去散步,临走之前给白鸽撒一把玉米粒,算是晚餐。我打开后门,眼前一亮,后院的土围墙的墙头上,落栖着四只白色的鸽子,竟然给我一种白花花一大堆的错觉。两只老白鸽看见我就飞过来了,落在我的肩头,跳到手臂上抢啄玉米。我把玉米撒到地上,抖掉老白鸽,好专注欣赏墙头上那两只幼鸽。

两只幼鸽在墙头上转来转去,瞅瞅我又瞅瞅在地上啄食的老白鸽,胆怯的眼光如此显明,我不禁笑了。从脑袋到尾巴,一色纯白,没有一根杂毛,牛乳似的柔嫩的白色,像是天宫降临的仙女。是的,那种对世界对自然对人类的陌生和新奇而表现出的胆怯和羞涩,使人顿时生出诸多的联想:刚刚绽开的荷花,含珠带露的梨花,养在深山人未识的俏妹子……最美好最纯净最圣洁的比喻仍然不过是比喻,仍然不及幼鸽自身的本真之美。这种美如此生动,直教我心灵震颤,甚至畏怯。是的,人可以直面威胁,可以蔑视阴谋,可以踩过肮脏的泥泞,可以对叽叽咕咕保持沉默,可以对丑恶闭上眼睛,然而在面对美的精灵时却是一种怯弱。

小白鸽和老白鸽在那幢破烂失修的房脊上亭亭玉立。这幢由家族的创业者修盖的房屋,经历了多少代人的更替而终于墙颓瓦朽了,四只白色的鸽子给这幢风烛残年的老房子平添了生机和灵气,以至幻化出家族兴旺时期的遥远的生气。

夕阳绚烂的光线投射过来,老白鸽和幼白鸽的羽毛红光闪耀。

我扬起双手,拍出很响的掌声,激发它们飞翔。两只老白鸽先后起飞。小白鸽飞起来又落下去,似乎对自己能否翱翔蓝天缺乏自信,也许是第一次飞翔的胆怯。两只老白鸽就绕着房子飞过来旋过去,无疑是在鼓励它们的儿女勇敢地起飞。果然,两只小白鸽起飞了,翅膀扇打出啪啪啪的声响,跟着它们的父母彻底离开了屋脊,转眼就看不见了。

我走出屋院站在街道上,树木笼罩的村巷依然遮挡视线,我就走向村庄背靠的原坡,树木和房舍都在我眼底了。我的白鸽正从东边飞翔过来,沐浴着晚霞的橘红。沿着河水流动的方向,翼下是蜿蜒着的河流,如烟如带的杨柳,正在吐絮扬花的麦田。四只白鸽突然折转方向,向北飞去,那儿是骊山的南麓,那座不算太高的山以风景和温泉名扬历史和当今,烽火戏诸侯和捉蒋兵谏的故事就发生在我的对面。两代白鸽掠过气象万千的那一道道山岭,又折回来了,掠过河川,从我的头顶飞过,直飞上白鹿原顶更为开阔的天空。原坡是绿的,梯田和荒沟有麦子和青草覆盖,这是我的家园一年四季中最迷人最令我陶醉的季节,而今又有我养的四只白鸽在山原河川上空飞翔,这一刻,世界对我来说就是白鸽。

这一夜我失眠了,脑海里总是有两只白色的精灵在飞翔,早晨也就起来晚了。我猛然发现,屋脊上只有一双幼鸽。老白鸽呢?我不由地瞅瞄天空,不见踪迹,便想到它们大约是捕虫采食去了。直到乡村的早饭已过,仍然不见白鸽回归,我的心里竟然是惶惶不安。这当儿,舅父走进门来了。

"白鸽回老家了,天刚明时。"

我大为惊讶。昨天傍晚,老白鸽领着儿女初试翅膀飞上蓝天,今日一早就飞回舅舅家去了。这就是说,在它们来到我家产卵孵蛋哺育幼鸽的整整两个多月里,始终也没有忘记老家故巢,或者说整个两个多月孵化哺育幼鸽的行为本身就是为了回归。我被这生灵深深地感动了,也放心了。我舒了一口气:"噢哟!回去了好。我还担心被鹰鹞抓去了呢!"

留下来的这两只白鸽的籍贯和出生地与我完全一致,我的家园也是它们的家园;它们更亲昵地甚至是随意地落到我的肩头和手臂,不单是为着抢啄玉米粒儿;我扬手发出手势,它们便心领神会从屋脊上起飞,在村庄、河川和原坡的上空,做出种种酣畅淋漓的飞行姿态,山岭、河川、村舍和古原似乎都舞蹈起来了。然而在我,却一次又一次地抑制不住发出吟诵:这才是属于我的白鸽!而那一对老白鸽嘛……毕竟是属于老舅的。我也因此有了一点点体验,你只能拥有你亲自培育的那一部分……

当我行走在历史烟云之中的一个又一个早晨和黄昏,当我陷入某种无端的无聊无端的孤独的时候,眼前忽然会掠过我的白鸽的倩影,淤积着历史尘埃的胸脯里便透进一股活风。

直到惨烈的那一瞬,至今依然感到手中的这支笔都在颤抖。那是秋天的一个夕阳灿烂的傍晚,河川和原坡被果实累累的玉米棉花谷子和各种豆类覆盖着,人们也被即将到来的丰盈的收获鼓舞着,村巷和田野里泛溢着愉快喜悦的声浪。我的白鸽从河川上空飞过来,在接近西边邻村的村树时,转过一个大弯儿,就贴着古原的北坡绕向东来。两只白鸽先后停止了扇动着的翅膀,做出一种平行滑动的姿态,恰如两张洁白的纸页飘悠在蓝天上。正当我忘情于最轻松最舒悦的欣赏之中,一只黑色的幽灵从原坡的哪个角落里斜冲过来,直扑白鸽。白鸽惊慌失措地启动翅膀重新疾飞,然而晚了,那只飞在头前的白鸽被黑色幽灵俘掠而去。我眼睁睁地瞅着头顶天空所骤然爆发的这一场弱肉强食、侵略者和被屠杀者的搏杀……只觉眼前一片黑暗。当我再次眺望天空,唯见两根白色的羽毛飘然而落,我在坡地草丛中拣起,羽毛的根子上带着血痕,有一缕血腥气味。

侵略者是鹞子,这是家乡人的称谓,一种形体不大却十分凶残暴戾的鸟。

老屋屋脊上现在只有一只形单影孤的白鸽。它有时原地转圈,发出急切的连续不断的咕咕的叫声;有时飞起来又落下去,刚落下去又飞起来,似乎惊恐又似乎是焦躁不安;我无论怎样抛撒玉米粒儿,它都不屑一顾更不像往昔那样落到我肩上来。它是那只雌鸽,被鹞子残杀的那只是雄鸽。它们是兄妹也是夫妻,它的悲伤和孤清就是双重的了。

过了好多日子,白鸽终于跳落到我的肩头,我的心头竟然一热,立即想到它终于接受了那惨烈的一幕,也接受了痛苦的现实而终于平静了。我把它握在手里,光滑洁白的羽毛使人产生一种神圣的崇拜。然而正是这一刻,我决定把它送给邻家一位同样喜欢鸽子的贤,他养着一大群杂色信鸽,却没有白鸽。让我的白鸽和他那一群鸽子合帮结伙,可能更有利生存;再者,我实在不忍心看见它在屋脊上的那种孤单。

它还是比较快地与那一群杂色鸽子合群了。

我看见一群灰鸽子在村庄上空飞翔,一眼就能辨出那只雪白的鸽子,欣慰我的举措的成功。

贤有一天告诉我,那只白鸽产卵了。

贤过了好多天又告诉我,孵出了两只白底黑斑的幼鸽。

我出了一趟远门回来,贤告诉我,那只白鸽丢失了。我立即想到它可能又被鹞子抓去了。贤提出来把那对杂交的白底黑斑的鸽子送我。我谢绝了。

又过了一些日子,失掉我的两只白鸽的情感波澜已经平静,老屋也早已复归平静,对我已不再具任何新奇和诱惑。我在写作的间隙里,到前院浇花除草,后院都不再去了。这一天,我在书桌前继续文字的行程,窗外传来了咕咕咕的鸽子的叫声,便撂下笔,直奔后院。在那根久置未用的木头上,卧着一只白鸽。是我的白鸽。

我走过去,它一动不动。我捉起它来,它的一条腿受伤了,是用细绳子勒伤了的。残留的那段细绳深深地陷进肿胀的流着脓血的腿杆里,我的心里抽搐起来。我找到剪刀剪断了绳子,发觉那条腿实际已经勒断了,只有一缕尚未腐烂的皮连接着。它的羽毛变成灰黄,头上粘着污黑的垢甲,腹部黏结着干涸的鸽粪,翅膀上黑一坨灰一坨,整个儿污脏得难以让人握在手心了。

我自然想到,这只丢失归来的白鸽是被什么人捉去了,不是遭了鹞子?它被人用绳子拴着,给自家的孩子当玩物?或者连他以及什么人都可以摸摸玩玩的？白鸽弄得这样脏兮兮的,不知有多少脏手抚弄过它,却根本不管不顾被细绳勒断了的腿。我在那一刻突然想到,它还不如它的丈夫被鹞子扑杀的结局。

我在太阳下为它洗澡,把由脏手弄到它羽毛上的脏洗濯干净,又给它的腿伤敷了消炎药膏,盼它伤愈,盼它重新发出羽毛的白色。然而它死了,在第二天早晨,在它出生的后墙上的那只纸箱里……

1996 年 8 月 16 日西安

原下的日子

一

新世纪到来的第一个农历春节过后,我买了二十多袋无烟煤和吃食,回到乡村祖居的老屋。我站在门口对着送我回来的妻女挥手告别,看着汽车转过沟口那座塌檐倾壁残颓不堪的关帝庙,折回身走进大门进入刚刚清扫过隔年落叶的小院,心里竟然有点酸酸的感觉。已经摸上六十岁的人了,何苦又回到这个空寂了近十年的老窝里来。

从窗框伸出的铁皮烟筒悠悠地冒出一缕缕淡灰的煤烟,火炉正在烘除屋子里整个一个冬天积攒的寒气。我从前院穿过前屋过堂走到小院,南窗前的丁香和东西围墙根下的三株枣树苗子,枝头尚不见任何动静,倒是三五丛月季的枝梢上暴出小小的紫红的芽苞,显然是春天的讯息。然而整个小院里太过沉寂太过阴冷的气氛,还是让我很难转换出回归乡土的欢愉来。

我站在院子里,抽我的雪茄。东邻的屋院差不多成了一个荒园,兄弟两个都选了新宅基建了新房搬出许多年了。西邻曾经是这个村子有名的八家院,拥挤如同鸡笼,先后也都搬迁到村子里新辟的宅基地上安居了。我的这个屋院,曾经是父亲和两位堂弟三分天下的"三国",最鼎盛的年月,有祖孙三代十五六口人进进出出在七八个或宽或窄的门洞里。在我尚属朦胧混沌的生命区段里,看着村人把装着奶奶和被叫做厦屋爷的黑色棺材,先后抬出这个屋院,再在街门外用粗大的抬杠捆绑起来,在儿孙们此起彼伏的哭号声浪里抬出村子,抬上原坡,沉入刚刚挖好的墓坑。我后来也沿袭这种大致相同的仪程,亲手操办我的父亲和母亲从屋院到墓地这个最后驿站的归结过程。许多年来,无论有怎样紧要的事项,我都没有缺席由堂弟们操办的两位叔父一位婶娘最终走出屋院走出村子走进原坡某个角落里的墓坑的过程。现在,我的兄弟姊妹和堂弟堂妹及我的儿女相继走出这个屋院,或在天之一方,或在村子的另一个角落,以各自的方式过着自己的日子。眼下的景象是,这个给我留下拥挤也留下热闹印象的祖居的小院,只有我一个人站在院子里。原坡上漫下来寒冷的风。从未有过的空旷。从未有过的空落。从未有过的空洞。

我的脚下是祖宗们反复踩踏过的土地。我现在又站在这方小小的留着许多代人脚印的小院里。我不会问自己也不会向谁解释为了什么又为了什么重新回来,因为这已经是行为之前的决计了。丰富的汉语言文字里有一个词儿叫龌龊。我在一段时日里充分地体味到这个词儿的不尽的内蕴。

我听见架在火炉上的水壶发出"噗噗噗"的响声。我沏下一杯上好的陕南绿茶。我坐在曾经坐过近二十年的那把藤条已经变灰的藤椅上,抿一口清香的茶水,瞅着火炉炉膛里炽红的炭块,耳际似乎萦绕着见过面乃至根本未见过面的老祖宗们的声音,嗨!你早该回来了。

第二天微明,我搞不清是被鸟叫声惊醒的,还是醒来后听到了一种鸟的叫声。我的第一反应是斑鸠。这肯定是鸟类庞大的族群里最单调最平实的叫声,却也是我生命磁带上最敏感的叫声。我慌忙披衣坐起,隔着窗玻璃望去,后屋屋脊上有两只灰褐色的斑鸠。在清晨凛冽的寒风里,一只斑鸠围着另一只斑鸠团团转悠,一点头,一翘尾,发出连续的"咕咕咕……咕咕咕"的叫声。哦!催发生命运动的春的旋律,在严寒依然裹盖着的斑鸠的躁动中传达出来了。

我竟然泪眼模糊。

二

傍晚时分,我走上灞河长堤。堤上是经过雨雪浸淫沤泡变成黑色的枯蒿枯草。沉落到西原坡顶的蛋黄似的太阳绵软无力。对岸成片的白杨树林,在蒙蒙灰雾里依然不失其肃然和庄重。河水清澈到令人忍不住又不忍心用手撩拨。一只雪白的鹭鸶,从下游悠悠然飘落在我眼前的浅水边。我无意间发现,斜对岸的那片沙地上,有个男子挑着两只装满石头的铁丝笼走出一个偌大的沙坑,把笼里的石头倒在石头垛子上,又挑起空笼走回那个低陷的沙坑。

那儿用三角架撑着一张钢丝罗筛。他把刨下的砂石一锨一锨抛向罗筛,发出连续不断千篇一律的声响,石头和沙子就在罗筛两边分流了。

我久久地站在河堤上,看着那个男子走出沙坑又返回沙坑。这儿距离西安不足三十公里。都市里的霓虹此刻该当缤纷,各种休闲娱乐的场合开始进入兴奋期。暮霭渐渐四合的沙滩上,那个男子还在沙坑与石头垛子之间来回往返。这个男子以这样的姿态存在于世界的这个角落。

我突发联想,印成一格一框的稿纸如同那张罗筛。他在他的罗筛上筛出的是一粒一粒石子。我在我的"罗筛"上筛出的是一个一个方块汉字。现行的稿酬标准无论高了低了贵了贱了,肯定是那位农民男子的石子无法比拟的。我自觉尚未无聊到滥生矫情,不过是较为透彻地意识到构成社会总体坐标的这一极。这一极与另外一极的粗细强弱的差异。

这是新世纪的第一个早春。这是我回到原下祖屋的第二天傍晚。这是我的家乡那条曾为无数诗家墨客提供柳枝,却总也寄托不尽情思离愁的灞河河滩。此刻,三十公里外的西安城里的霓虹灯,与灞河两岸或大或小村庄里隐现的窗户亮光;豪华或普通轿车壅塞的街道,与田间小道上悠悠移动的架子车;出入大饭店小酒吧的俊男倩女打蜡的头发涂红(或紫)的嘴唇,与拽着牛羊缰绳背着柴火的乡村男女:全自动或半自动化的生产流水线,与那个在沙坑在罗筛前挑战贫穷的男子……构成当代社会的大坐标。我知道我不会再回到挖沙筛石这一极中去,却在这个坐标中找到了心理平衡的支点,也无法从这一极上移开眼睛。

三

  村庄背靠白鹿原北坡。遍布原坡的大大小小的沟梁奇形怪状。在一条阴沟里该是最后一坨尚未化释的残雪下,有三两株露头的绿色,淡淡的绿,嫩嫩的黄,那是茵陈,长高了就是蒿草,或俗称臭蒿子。嫩黄淡绿的茵陈,不在乎那坨既残又脏经年未化的雪,宣示了春天的气象。

  桃花开了,原坡上和河川里,这儿那儿浮起一片一片粉红的似乎流动的云。杏花接着开了,那儿这儿又变幻出似走似住的粉白的云。泡桐花开了,无论大村小庄都被骤然爆出的紫红的花帐笼罩起来了。洋槐花开的时候,首先闻到的是一种令人总也忍不住深呼吸的香味,然后惊异庄前屋后和坡坎上已经敷了一层白雪似的脂粉。小麦扬花时节,原坡和河川铺天盖地的青葱葱的麦子,把来自土地最诱人的香味,释放到整个乡村的田野和村庄,灌进庄稼院的围墙和窗户。椿树的花儿在庞大的树冠和浓密的枝叶里,只能看到绣成一团一串的粉黄,毫不起眼,几乎没有任何观赏价值,然而香味却令人久久难以忘怀。中国槐大约是乡村树族中最晚开花的一家,时令已进入伏天,燥热难耐的热浪里,闻一缕中国槐花的香气,顿然会使焦躁的心绪沉静下来。从农历二月二龙抬头迎春花开伊始,直到大雪漫地,村庄、原坡和河川里的花儿便接连开放,各种奇异的香味便一波迭过一波。且不说那些红的黄的白的紫的各色野草和野花,以及秋来整个原坡都覆盖着的金黄灿亮的野菊。

五月是最好的时月,这当然是指景致。整个河川和原坡都被麦子的深绿装扮起来,几乎看不到巴掌大一块裸露的土地。一夜之间,那令人沉迷的绿野变成满眼金黄,如同一只魔掌在翻手之瞬间创造出来神奇。一年里最红火最繁忙的麦收开始了,把从去年秋末以来的缓慢悠闲的乡村节奏骤然改变了。红苕是秋收的最后一料庄稼,通常是待头一场浓霜降至,苕叶变黑之后才开挖。湿漉漉的新鲜泥土的垄畦里,排列着一行行刚刚出土的红艳艳的红苕,常常使我的心发生悸动。被文人们称为弱柳的叶子,居然在这河川里最后卸下盛妆,居然是最耐得霜冷的树。柳叶由绿变青,由青渐变浅黄,直到几番浓霜击打,通身变成灿灿金黄,张扬在河堤上河湾里,或一片或一株,令人钦佩生命的顽强和生命的尊严。小雪从灰蒙蒙的天空飘下来时,我在乡间感觉不到严冬的来临,却体味到一缕圣洁的温柔,本能地仰起脸来,让雪片在脸颊上在鼻梁上在眼窝里飘落、融化,周围是雾霭迷茫的素净的田野。直到某一日大雪降至,原坡和河川都变成一抹银白的时候,我抑止不住某种神秘的诱惑,在黎明的浅淡光色里走出门去,在连一只兽蹄鸟爪的痕迹也难觅踪的雪野里,踏出一行脚印,听脚下的雪发出"铮铮铮"的脆响。

我常常在上述这些情景里,由衷地咏叹,我原下的乡村。

四

漫长的夏天。

夜幕迟迟降下来。我在小院里支开躺椅,一杯茶或一瓶啤酒,自然不可或缺一支烟。夜里依然有不泯的天光,也许是繁密的星星散发的。白鹿原刀裁一样的平顶的轮廓,恰如一张简洁到只有深墨和淡墨的木刻画。我索性关掉屋子里所有的电灯,感受天光和地脉的亲和,偶尔可以看到一缕鬼火飘飘忽忽掠过。

有细月或圆月的夜晚,那景象就迷人了。我坐在躺椅上,看圆圆的月亮浮到东原头上,然后渐渐升高,平静地一步一步向我面前移来,幻如一个轻摇莲步的仙女,再一步一步向原坡的西部挪步,直到消失在西边的屋脊背后。

某个晚上,瞅着月色下迷迷蒙蒙的原坡,我却替两千年前的刘邦操起闲心来。他从鸿门宴上脱身以后,是抄哪条捷径便道逃回我眼前这个原上的营垒的?"沛公军灞上"。灞上即指灞陵原。汉文帝就葬在白鹿原北坡坡畔,距我的村子不过十六七里路。文帝陵史称灞陵,分明是依着灞水而命名。这个地处长安东郊自周代就以白鹿得名的原,渐渐被"灞陵原"、"灞陵"、"灞上"取代了。刘邦驻军在这个原上,遥遥相对灞水北岸骊山脚下的鸿门,我的祖居的小村庄恰在当间。也许从那个千钧一发命悬一线的宴会逃跑出来,在风高月黑的那个恐怖之夜,刘邦慌不择路翻过骊山涉过灞河,从我的村头某家的猪圈旁爬上原坡直到原顶,才嘘出一口气来。无论这逃跑如何狼狈,并不影响他后来打造汉家天下。

大唐诗人王昌龄,原为西安城里人,出道前隐居白鹿原上滋阳村,亦称芷阳村。下原到灞河钓鱼,提镰在菜畦里割韭菜,与来访的文朋诗友饮酒赋诗,多以此原和原下的灞水为叙事抒情的背景。我曾查阅资料企图求证滋阳村村址,毫无踪影。

我在读到一本《历代诗人咏灞桥》的诗集时,大为惊讶,除了人皆共知的"年年柳色,灞陵伤别"所指的灞桥,灞河这条水,白鹿(或灞陵)这道原,竟有数以百计的诗圣诗王诗魁都留了绝唱和独唱。

宠辱忧欢不到情,

任他朝市自营营。

独寻秋景城东去,

白鹿原头信马行。

这是白居易的一首七绝。是诸多以此原和原下的灞水为题的诗作中的一首。是最坦率的一首,也是最通俗易记的一首。一目了然可知白诗人在长安官场被蝇营狗苟的龌龊惹烦了,闹得腻了,倒胃口了,想呕吐了,却终于说不出口呕不出喉,或许是不屑于说或吐,干脆骑马到白鹿原头逛去。

还有什么龌龊能淹没脏污这个以白鹿命名的原呢?断定不会有。

我在这原下的祖屋生活了两年。自己烧水沏茶。把夫人在城里擀好切碎的面条煮熟。夏日一把躺椅冬天一抱火炉。傍晚到灞河沙滩或原坡草地去散步。一觉睡到自来醒。当然,每有一个短篇小说或一篇散文写成,那种愉悦,相信比白居易纵马原上的心境差不了多少。正是原下这两年的日子,是近八年以来写作字数最多的年份,且不说优劣。

我愈加固执一点,在原下进入写作,便进入我生命运动的最佳气场。

> 在陈忠实的散文中,《原下的日子》是很重要的一篇。之所以这样说,并非仅仅因为它透过作家的目光和思绪,写出了故乡奇丽的自然风光;也不单单是鉴于它在对现代都市文明做警惕性表述的同时,传递出作家对传统乡土生态的留恋和欣慰;这里,更为关键的一点是:它含蓄但却真实、简约但却深刻地表达了作家摆脱世俗纠缠,实现精神突围的一番经历,即在原下的日子里,获得了巨大的心灵自由和情感释放,从而以勤奋的创作进入了"生命运动的最佳气场"。

关于一条河的记忆和想象

在我写过的或长或短的小说、散文中,记不清有多少回写到过这条河,就是从我家门前自东向西倒流着的灞河。或着意重笔描绘,或者不经意间随笔捎带提及,虽然不无我的情感渗透,着力点还是把握在作品人物彼时彼境的心理情绪状态之中,尤其是小说。散文里提到这条河,自然就是个人情感的直接投注和舒展了,多是河川里四时景致的转换和变化,还有系结在沙滩上杨柳下的记忆,无疑都是最易于触发颤动的最敏感的神经。然而,直到今年三月一日,即农历二月二的龙抬头日,我站在几万乡民祭祀华胥氏始祖的祭坛上的那一刻,心里瞬间突显出灞河这条河来,也从我以往的关于这条河的点滴描述的文字里摆脱出来;我才发现这条河远远不止我的浮光掠影的文字景象,更不止我短暂生命里的砂金碎花类的记忆。是的,我站在孟家崖村的华胥氏始祖的祭台上,心里浮出来的却是距此不过三里路的灞河。

锣鼓喧天。几家锣鼓班子是周边几个规模较大的村子摆下的阵势,这是秦地关中传统的表示重大庆祝活动的标志性声响,也鼓着呈显高低的锣鼓擂台的暗劲儿。岭上和河川的乡民,大约四万余众,汇集到华胥镇上来了。西安城里的人也闻讯赶来凑热闹了,他们比较讲究的乃至时髦的服饰和耀眼的口红,在普遍尚顾不得装潢自己的乡村民众的旋涡里浮沉。前日刚刚下过一场大雪。北边的岭和南边的原坡,都覆盖着白茫茫的雪,河川果园和麦田里的雪已经消融得坨坨斑斑。乡村土路整个都是泥泞。祭坛前的麦田被踩踏得翻了浆。巨大的不可抑制的兴奋感洋溢在男男女女老老少少的脸上,昨天以前的生活里的艰难和忧愁及烦恼全部都抛开了,把兴奋稀奇和欢悦呈现给擦肩挤胯而过的陌生的同类。他们肯定搞不清史学家们从浩瀚的故纸堆里翻捡出来的这位华夏始祖老奶奶的身世,却怀着坚定不移的兴致来到这个祭坛下的土冢前投注一回虔诚的注目礼。

华胥镇,以华胥氏命名的镇。距现存的华胥冢遗址所在地孟家崖村不过一华里,这个古老的小镇自然最有资格以华胥氏命名了。这个镇原名油坊镇,亦称油坊街,推想当是因为一家颇具规模的榨油作坊而得名。然而,在我的印象里,连那家榨油作坊的遗迹都未见过。这个镇紧挨着灞河北岸,我祖居的村子也紧系在灞河南岸,隔河可以听见鸡鸣狗叫打架骂仗的高腔锐响。我上学以前就跟着父亲到镇上去逛集,那应是我记忆里最初的关于繁华的印象。短短一条街道,固定的商店有杂货铺、文具店、铁匠铺、理发店,多是两三个人的规模,逢到集日,川原岭坡的乡民挑着推着粮食、木柴和时令水果,牵着拉着牛羊猪鸡来交易,市声嗡响,生动而热闹。我是从一九五三年至一九五五年在这个镇的高级小学里完成了小学高年级教育,至今依然保存着最鲜活的记忆。我在这里第一次摸了也打了篮球。我曾经因耍小性子伤了非常喜欢我的一位算术老师的心。因为灞河一年三季常常涨水,虽然离校不过二里地,我只好搭灶住宿,睡在教室里的木楼上,夜半尿憋醒来跑下木楼楼梯,在教室房檐下流过的小水渠尿尿,早晨起来又蹲在小水渠边撩水洗脸,住宿的同学撩着水也嘻嘻哈哈着。这条水渠从后围墙下引进来,绕流过半边校园,从大门底下石砌的暗道流到街道里去了。我们班上有孟家崖村的同学,似乎没有说过华胥氏祖奶奶的传说,却说过不远处的小小的娲氏庄,就是女娲"抟土造人"的神话发生的地方。我和同学在晚饭后跑到娲氏庄,寻找女娲抟泥和炼石的遗痕,颇觉失望,不过是别无差异的一道道土崖和一堆堆黄土而已。五十多年后的二〇〇六年的农历二月二日,我站在少年时期曾经追寻过女娲神话发生的地方,与几万乡民一起祭奠女娲的母亲华胥氏,真实地感知到一个民族悠远、神秘而又浪漫的神话和我如此贴近。我自小生活在诞生这个神话的灞河岸边,却从来没有在意过,更没有当过真。年过六旬的我面对祭坛插上一炷紫香弯腰三鞠躬的这一瞬,我当真了,当真信下这个神话了,也认下八千年前的这位民族始祖华胥氏老奶奶了。

在蓄久成潮的文化寻根热里,几位学者不辞辛苦劳顿溯源寻根,寻到我的家乡灞河岸边的孟家崖和娲氏庄,找到了民族始祖奶奶华胥氏陵。

历史是以文字和口头传说保存其记忆的。相对而言,后人总是以文字确切记忆里的史实,而不在乎民间口头的传闻,民间传说似乎向来也不在意史家完全蔑视的口吻和眼神,依然故我津津有味地延续着自己的传说。这里发生了一件有趣的事,史家的文字记载和民间的口头记忆达到默契,互相认可也互相尊重,就是发生在灞河岸边创立过华胥国的华胥氏的神话。

这点小小的却令我颇为兴奋的发现,得之于学者们从文史典籍里钩沉出来的文字资料鉴证的事实。华胥氏生活的时代称为史前文化。有文化却没有文字。没有文字,反而给神话传说的创造提供了空前绝后的繁荣空间。等到这个民族创造出方块汉字来,距华胥氏已经过去了大约五千年,大大小小的史圣司马迁们,只能把传说当作史实写进他们的著作。面对学者们从浩瀚的史料典籍里翻捡钩沉的史料,我无意也无能力考证结论,只想梳理出一个粗略的脉系轮廓,搞明白我的灞河川道八千年前曾经是怎样一个让号称作家的我羞死的想象里的神话世界。

据《山海经·海内东经》说:"华胥履大人迹,于雷泽而生伏羲。"据《春秋世谱》说:"华胥氏生男名伏羲,生女为女娲。"在《竹书纪年·前篇》里的记载不仅详细,而且有魔幻小说类的情节:"太昊之母,居于华胥之渚,履巨人之迹,意有所动,虹且绕之,因而始娠。"华胥氏在灞河边上,无意间踩踏了一位巨人留下的脚印,似乎生命和意识里感受到某种撞击,那一美妙时刻,天空有彩虹缭绕,便受孕了,便生出伏羲和女娲两兄妹来。

据史圣司马迁《史记·五帝本纪》说,华胥氏生伏羲女娲,伏羲女娲生少典,少典生炎帝和黄帝。这样,司马迁就把这个民族最早的家庭谱系摆列得清晰而又确切。按照这个族系家谱,炎帝和黄帝当属华胥氏的嫡传曾孙,该叫华胥氏为曾祖奶奶了。被尊为"人文初祖"的轩辕黄帝,埋葬于渭北高原的桥山,望不尽的森森柏树迷弥着悠远和庄严,历朝历代的官家和民间年年都在祭拜,近年间祭祀的规模更趋隆重更趋热烈,洋溢着盛世祥和的气象。炎帝在湖南和陕西宝鸡两地均有祭奠活动,虽是近年间的事,比不得黄帝祭祀的悠久和规模,却也一年盖过一年的隆重而庄严。作为黄帝炎帝的曾祖母的华胥氏,直到今年才有了当地政府(蓝田县)和民间文化团体联手举办的祭祀活动,首先让我这个生长在华胥古国的后人感到安慰和自豪了,认下这位始祖奶奶了。

我很自然追问,华胥氏无意间踩踏巨人的脚印而受孕,才有伏羲女娲以及炎黄二帝,那么华胥氏从何而来?古人显然不会把这种简单的漏洞留给后人。《拾遗记》里说得很确凿,"华胥是九河神女"。而且列出了九条河流的名称。这九条河流的名称已无现实对应,具体方位更无从考据和确定。既是"九河神女",自然就属于不必认真也无需考究的神话而已。然而,《列子·黄帝篇》里记述了黄帝梦游华胥国的生动图景:"其国无帅长,自然而已,其民无嗜欲，自然而已。不知乐生，不知恶死，故无夭殇。不知亲己，不知疏物，故无所爱憎。不知背逆，不知向顺，故无利害。都无所爱惜，都无所畏忌。入水不溺，入火不热，斫挞无伤痛，指摘无痛痒。乘空如履实，寝虚若处林。云雾不碍其视，雷霆不乱其听，美恶不滑其心，山谷不踬其前，神行而已。"这是一种怎样美好的社会形态啊！其美好的程度远远超出了几千年后的现代人的想象。黄帝梦游过的华胥国的美好形态，甚至超过了世界上的穷人想象里的共产主义的美妙图景。华胥氏创造的华胥国里的生活景象和生活形态，不是人间仙境，而是仙境里的人间。这样的人间，截至现在，在世界的或大或小的一方，哪怕一个小小的角落，都还没有出现过。黄帝的这个梦，无疑是他理想中要构建的社会图景。然而要认真考究这个梦的真实性，就茫然了。我想没有谁会与几千年前的一个传说里的神话较真，自然都会以一种轻松的欣赏心情看待这个梦里的仙境人间。我却无端地联想到半坡遗址。

黄帝梦游过的华胥氏创建的令人神往的华胥国，即今日举行华胥氏祭祀盛会的灞河岸边的华胥镇这一带地域。由此沿灞河顺流而下往西不过十公里，就是中国第一座史前遗址博物馆——西安半坡遗址。这是黄河流域一个典型而又完整的母系氏族公社时期的生活图景。有聚居的村落，有用泥块和木椽搭建的房子，房子里有火道和火炕。这种火炕至今还在我的家乡的乡民的屋子里继续使用着。我落生到这个世界的头一个冬天就享受着火炕的温热,直到二十世纪八十年代初用电热褥取代了火炕。半坡人制作的鱼钩和鱼叉,相当精细,竟然有防止上钩和被叉住的鱼逃脱的倒钩。他们已经会编席,也会织布,这应该是中国最早的编织品,编和织的技术是他们最先创造发明出来的。他们毫无疑义又是中国制陶业的开山鼻祖,那些红色、灰色和黑色的钵、盆、碗、壶、瓮、罐和瓶的内里和陶盖上单色或彩绘着的鱼张着大嘴,跳跃着的鹿,令我叹为观止。任你撒开想象的缰绳张开想象的翅膀,想象六千多年前聚集在白鹿原西坡根下沪河岸边的这一群男女劳动生产和艺术创造的生活图景。他们肯定有一位睿智而又无私的伟大的女性作为首领,在这方水草丛林茂盛,飞禽走兽鱼蚌稠密的丰腴之地,进行着人类最初的文明创造。这位伟大的女性可是华胥氏?半坡村可是华胥国?或者说华胥氏是许多个华胥国半坡村里无以数计的女性首领之中最杰出的一位?或者说是在这个那个诸多的半坡村伟大女性首领基础上神话创造的一个典型?

这是一个充满迷幻魔幻和神话的时期。半坡遗址发掘出土的一只红色陶盆内侧,彩绘着一幅人面鱼纹图案,大约是魔幻现实主义的创始之作,把人脸和鱼纹组合在一幅图画上,比拉美魔幻小说里人和甲虫互变的想象早过六千多年,现在还有谁再把人变成狗的细节写出来或画出来,就只能令当代读者和看客徒叹现代人的艺术想象力萎缩枯竭得不成样子了。我倒是从那幅人面鱼纹彩绘图画里,联想到伏羲和女娲。华胥氏无意踩踏巨人脚印受孕所生的这一子一女,史书典籍上用"蛇身人首"来描述。"蛇身人首"和"人面鱼纹"有无联系?前者是神话创造,后者却是半坡人的艺术创作。我在赞叹具备"人面鱼纹"这样非凡想象活力的半坡人的同时,类推到距半坡不过十公里的华胥国的伏羲女娲的"蛇身人首"的神话,就觉得十分自然也十分合情理了。沪河是灞河的一条较大的支流,灞河从秦岭山里涌出,自东向西沿着北岭和南原(白鹿原)之间的川道进入关中投入渭河,不过百余公里,沪河自秦岭发源由南向北,在古人折柳送别的灞桥西边投入灞河。我便大胆设想,在灞河和沪河流经的这一方地域,有多少个先民聚集着的半坡村,无非是没有完整保存下来或未被发现而已,半坡遗址也是在二十世纪五十年代初兴建纺织厂挖掘地基时偶然发现的。华胥国其实就是又一个半坡村,就在我家门前灞河对岸二里远的地盘上,也许这华胥国把我的祖宗生活的白鹿原北坡下的这方宝地也包括在内。据史家推算,华胥氏的华胥国距今八千多年,半坡村遗址距今六千多年,均属人类发展漫长历程中的同一时期。神话和魔幻弥漫着整个这个漫长的时期,以至五千年前的我们的始祖轩辕黄帝,也梦牵魂绕出那样一方仙境里的人间——曾祖母华胥氏创造的华胥国。

告别华胥氏陵祭坛,在依然热烈依然震天撼地的锣鼓声响里,我徒增起对祭坛前这条河的依恋,便沿着灞河北岸平整的国道溯流而上。大雪昨日骤降骤晴。灿烂的丙戌年二月二龙抬头日的阳光如此鼓荡人的情怀。天空一碧如洗。河南岸横列着的白鹿原的北坡上的大大小小的沟壑,蒙着一层厚厚的柔情的雪。坡上的洼地和平台上,隐现着新修的房屋白色或棕色的瓷片,还有老式建筑灰色瓦片的房脊。公路两边的果园和麦地,积雪已融化出残破的景象,麦苗从融雪的地坨里露出令人心颤的嫩绿。柳树最敏感春的气息,垂吊的丝条已经绣结着米黄的叶芽了。我竟然追到蓝田猿人的发现地——公王岭——来了。

这是一阶既不雄阔也不高迈的岭地,紧依着挺拔雄浑的秦岭脚下,一个一个岭包曲线柔缓。灞河从公王岭的坡根下流过,河面很窄,冬季里水量很小,看上去不过像条小溪。就是这个依贴着秦岭绕流着灞水的名不见经传的公王岭,一日之间,叫响了整个中国,乃至世界,进入中学历史课本,把公王岭发现的蓝田猿人铸入一代又一代人的常识性记忆。这是在中国迄今发现最早的人类化石遗存,刚刚从猿蜕变进化到可以称作人的蓝田猿人,距今大约一百一十五万年。

这个蓝田猿人化石的发现,带有很大的偶然性,或者正应了"踏破铁鞋无觅处,得来全不费功夫"的老话。一九六三年春天,中科院古脊椎动物与人类研究所的一行专家,到蓝田县辖的灞河流域做考古普查。这是一个冷门学科里最冷的一门,别说普通乡民摇头茫然,即使有一定文化知识的当地教师干部,也是浑然不知茫然摇头。他们用当地人熟知的龙骨取代了化石,一下子就揭去了这个高深冷僻的冷门里神秘的面纱,不仅大小中药铺的药匣子里都有储备,掌柜的都精通作为药物的龙骨出自何地,蓝田北岭和原坡地带随处都有;被他们问到的当地识字或不识字的农民,胳膊一抡一指,烂龙骨嘛,满岭满坡踢一脚就踢出一堆。话说得兴许有点夸张。然而灞河北岸的岭地和南岸的白鹿原的北坡,农民挖地破山碰见龙骨屡见不鲜,积攒得多了就送到中药铺换几个零钱,虽说有益肾补钙功效,却算不得珍贵药材,很便宜的。农家几乎家家都有储备,有止血奇效。我小时割草弄破手指,大人割麦砍伤脚腕,取出龙骨来刮下白色粉末敷到伤口上,血立马止住不流,似乎还息痛。我便忍不住惋惜,说不定把多少让考古科学家觅寻不得的有价值的化石,在中药锅里熬成渣了,刮成粉末止了血了。

这一行考古专家在灞河北边的山岭上踏访寻觅，终于在一个名叫陈家窝的村子的岭坡上，发现了一颗猿人的牙齿化石，还有同期的古生物化石，可以想象他们的兴奋和得意，太不容易又太意外的容易了。由此也可以想到这里蕴积的丰厚，真如农民说的一脚能踢出一堆来。这一行专家又打听到灞河上游的古老镇子厚镇周围的岭地上龙骨更多，便奔来了。走过蓝田县城再往东北走到三十多里处，骤然而降的暴雨，把这一行衣履不整灰尘满身的北京人淋得避进了路边的农舍，震惊考古史界的事就要发生了。

他们避雨躲进农舍，还不忘打听关于龙骨的事。农民指着灞河对岸的岭坡说，那上头多得很。他们也饿了，这里既没有小饭馆就餐，连买饼干小吃食的小商店也没有，史称"三年困难"的恶威尚未过去。他们按"组织纪律"到农民家吃派饭，就选择到对面岭上的农家。吃饭有了劲儿，就在村外的山坡上刨挖起来，果然挖出了一堆堆古生物化石，又挖出一颗猿人牙齿。他们把挖出的大量沉积物打包运回北京，一丝一缕进行剥离，终于剥离出一块完整的猿人头盖骨化石，震惊考古学界的发现发生了。这个小岭包叫公王岭。我站在公王岭的坡头上，看岭下公路上川流着的各种型号的汽车，看背后蒙着积雪的一级一级台田。想着那场逼使考古专家改变行程的暴雨。如果他们按既定目标奔厚镇去了，所得在难以估计之中,这个沉积在公王岭砾石里的猿人头盖骨化石,可能在随后的移山造田的"学大寨"运动中被填到更深的沟壑里,或者被农民捡拾,进了药铺下了药锅熬成药渣。或者如我一样刮成粉末撒到伤口永远消失。这场鬼使神差的暴雨,多么好的雨。

我在公王岭陈列室里,看到蓝田猿人头盖骨复原仿制品,外行看不出什么绝妙,倒是对那些同期的古生物化石惊讶不已。原始野生的牛角竟有七十多公分长,人是无论如何招不住那牴角一触的。作为更新世动物代表的纳玛象,一颗獠牙长到二十多公分,直径粗到十余公分,真是巨齿了,看一眼都令人毛骨悚然。还有剑齿虎、披毛犀,单是牙齿和牴角,就可以猜想其庞然大物的凶猛了。我便联想到二十世纪七十年代初,我下乡驻队在白鹿原北坡一个叫龙湾的村子里。那是一个寒冷异常的冬天,在北方习惯称作冬闲季节,此时倒比往常更忙了,以平整土地为主项的学大寨运动正在热潮中。忽一日有人向我通报,说挖高垫低平整土地的社员挖出比碾杠还粗的龙骨。随之,打电话报告了西安有关考古的单位,当即派专家来,指导农民挖掘,竟然挖出一头完整的犀牛化石,弥足珍贵。龙湾村距公王岭不过四十公里,当属灞河的中偏下游了。可以想见,一百万年前的灞河川道,是怎样一番生机盎然生动蓬勃的景象。这儿无疑属于热带的水乡泽国,雨量充沛,热带的林木草类覆盖着山岭原坡和河川。灞河肯定不止现在旱季里那一绺细流,也不会那么浑,在南原和北岭之间的川道里随心所欲地南弯北绕涌流下去。诸如剑齿虎、纳玛象、原始野牛和披毛犀牛等兽类里的庞然大物,傲然游荡在南原北岭和河川里。已经进化为人的猿人的族群,想来当属这些巨兽横行地域里的弱势群体,然而他们的智慧和灵巧,成为生存的无可比拟的优势。他们继续着进化的漫漫行程。

从公王岭顺灞河而下到五十公里处,即是灞河的较大支流浐河边上的半坡氏族村落遗址。从公王岭的蓝田猿人进化到半坡人,整整走过了一百多万年。用一百多万年的时间,才去掉了那个"猿"字,成为真正意义上的人,真是太漫长太艰难了。我更为感慨乃至惊诧的是,不过百余公里的灞河川道,竟然给现代人提供了一个完整的从猿进化到人的实证;一百多万年的进化史,在地图上无法标识的一条小河上完成了。还有华胥氏和她的儿女伏羲女娲的美妙浪漫的神话,在这条小河边创造出来,传播开去,写进史书典籍,传播在一个有五千年文明史的子民的口头上。这是怎样的一条河啊!

这是我家门前流过的一条小河。

小河名字叫灞河。

史料的考释和传说的推演相辉映,历史的遗存和后人的想象相交织,现场的情景和记忆的细节相碰撞,所有这些都围绕作家门前自东向西倒流着的灞河展开,并最终浓缩成一百多万年的进化史,从而"给现代人提供了一个完整的从猿进化到人的实证"。一篇不算很长的散文承载了如此丰赡的内容,我们不能不对作家万取一收、举重若轻的建构能力表示钦佩。

贞节带与斗兽场

——意大利散记之二

在关中乡村流传的许多酸黄菜式的民间笑话里,有一个放心带的故事,说有位商人四季出远门做生意,那时交通工具不发达,顶好顶快也就是轿子马车或单骑骡子,往返很费时日,多则三月半载,至少也少不了月里四十。他一出门,就把大妻小妾留在家里守活寡,终于听到了大妻状告小妾与用人有不干不净的事情。处置这种辱没门庭的事对于商人来说非常简单,辞退一个休掉另一个就是了。然而麻烦接着发生,小妾随之也向商人打上小报告,说大妻与长工有染。商人在恼火万状中反倒醒悟,把大妻小妾都休了可以再娶,把用人长工全部辞退再雇新的人来也不困难,问题在于自己一出远门就旷日持久,再娶的妻妾与新雇的长工用人再发生偷情的事怎么办?于是商人终于苦思冥想出一条万全之策,在他又要出门进行商务活动之前一夜,把两件铁打的放心链子强迫大妻和小妾套锁到下身,然后便放心地出门上路了。

这个商人与小镇铁匠铺的铁匠共同设计锻造的安全带或者叫放心链的东西是个什么形状,传说笑话里很含糊,任何听到这个笑话的人,在痛快淋漓地笑过之后,并不认真去考究那个铁链钢带的实际可行性,笑过也就完了。然而,万万始料不及的事不期而遇,在意大利国家博物馆里,我看到这样一件中国乡村笑话里的钢铁锁链式的带子,名字叫贞节带。

那是一条类似于健美运动员穿的那种简化到只护苫阴部的带子,不过不是任何纺织布料而是坚硬的钢铁。一块一片真正的钢铁连缀成一条腰带,是用来箍绑女人的腰的;同样的钢铁薄片连接成一条带子,一头与前腰的铁带相连接,通过腹部兜住阴部和屁股,再和后腰里箍缠的铁带相扣接。兜着屁股的铁片中间留着一只空心大孔,肯定是设计和制作者为大便通过的悉心设计;而最富于匠心竭尽智慧显示天才的设计,自然是表现在最核心最要害的部位,即对女人生殖器的防卫措施,那儿的铁片同样留着一道孔,无须阐释便可以想到是给小便的出路;那孔是竖立式偏长形状,宽窄的估计和把握也经过精心的算计,即不容许任何男性生殖器通过;最绝的活儿是在偏孔的边沿上,有一圈倒立起来的约两寸长的三角形尖刺,其锋锐的程度有如锥尖锯牙……想想有哪个情种能够对抗这道监守围墙的钢铁蒺藜?设想某个风流种子看到这钢铁蒺藜时会是怎样的猴急急猴?而被扎上这道钢铁蒺藜式的贞节带的女人又是怎样的心理和生理的屈辱和痛苦?

这件匠心独运的钢铁作品挂在意大利国家博物馆的墙上,外面用一只玻璃罩子罩着;如果不是在一个国家级的博物馆里看到这样一件展品,我也许会怀疑是某个恶作剧者的游戏之作,类似于中国乡村民间笑话里的虚拟之物。我在这一刹那突然明白了什么叫欧洲的中世纪;中世纪的全部黑暗和野蛮浓缩具象为这件贞节带,正是中世纪挥舞的旗帜。

据说这件贞节带主要是为罗马帝国的大将军小士官们铸造的。在他们出征另一个民族的前夜,先用这件万无一失的钢铁制品封锁了自己妻子的阴户,然后才放心地扛着盾牌和利矛去进行征服之战。到他们征服了也践踏了一个民族的尊严和家园而凯旋归来时,在接受国王的嘉奖之后,回到家便掏出钥匙打开妻子腰里贞节带上的锁子。我又陡生疑问,如果某个将军或团长、旅长、营长战死在异国他乡的沙场上了,那么他妻子的这副贞节带恐怕就要箍勒到死而无法解除了,因为唯一的那把钥匙只能由丈夫装在腰里,他死了钥匙也就和腐烂的肌肉一起埋入泥土。腰际和阴部戴着这种钢铁锁链的女人如何睡觉怎么行走? 如何日复一日无时无刻不在承受肉体的折磨和心灵的屈辱? 漫长的人生之路对她们来说将意味着什么?

我想用相机拍下这件中世纪挥舞过的旗帜,结果被告知不许拍照。敢于把这么一件怪物堂而皇之展览在国家博物馆里,主办者的勇气和坦率已经令我钦佩,而不许拍照的禁令却让我留下遗憾。我便久久注视这件怪物,我在想到我家乡那个民间笑话的同时,又想起来我刚刚出版的长篇小说里头的一个女人,这个女人惹得某些脸孔一本正经而臀部还残留着"忠"字的当代中国人老大不顺眼。

我在查阅《蓝田县志》时查到了三大本的《贞妇烈女卷》。第一本上全部记录着某村某妇女夫死守节抚养儿子孝顺公婆的千篇一律的事例,第二第三本里只记载着张王氏李赵氏的代号式的名字,我索然无味便一把推开。推开的一瞬突然心里悸颤了一下,想到多少年来凡是来此查阅县志的人,恐怕没有谁会有耐心读完两大本人物名字,而且不是真实名字仅仅只是两个姓氏合成的代号。我忽然对那些贞妇烈女委屈起来,她们以自己活泼泼的血肉之躯换取了县志上不足三厘米的位置,结果是谁也没有耐心阅读她们。我便一行一行一字一字看下去,如果这些屈死鬼牺牲品们幽灵尚在,当会知道在她们死去多少多少年后,终于有一个从来不敢标榜著名的作家向她们行了注目礼……田小娥的形象就在那一刻里产生了。

我们漫长到可资骄傲于任何民族的文明史中,最不文明最见不得人的创造恐怕当属对女人的灵与性的扼杀,我们有称得上经典的伦理纲常和为推行这经典而俗化了的《女儿经》,然而我们似乎没有设计制造贞节带的记载。我们有贞节牌,我们有县志上的贞妇烈女卷,我们以奖励为主导方式弘扬那些嫁鸡随鸡嫁狗随狗、鸡狗早夭了还为鸡狗守节守志的女人们。南欧的罗马人不如我们含蓄也不懂得以褒奖为主的方法,赤裸裸锻打出来这么一种钢铁家伙去强行封堵。历史证明了我们祖宗的高明和罗马人的简单甚至可以说愚蠢,他们那样招人眼目的锁链不久(对历史而言)就彻底废除了,而我们祖先行之有效的方法却延续到本世纪之初,比他们的寿命悠久了几个世纪。我所查阅的几个县的县志大都是抗战前编修的,依然堂而皇之不惜工本弘扬着代号们为鸡狗殉道的节和志,即使从五四算起也有十多二十年了,还在依然故我地立贞节牌进登县志……我便有个恶毒的想法,在我们的博物馆里,起码在妇女解放史的专题性展览馆里,应该展出县志上的贞妇烈女卷本,这东西与罗马人的贞节带有异曲同工之妙。

……

此前我曾参观过古罗马斗兽场。这个闻名古今闻名东方西方的斗兽场,在我远远地瞅见它的断垣残壁时竟无任何惊讶与新奇的感觉,对比起来远远不及贞节带对我灵魂的震慑。这原因恐怕在于中学的历史教师。

年轻的历史教员是一位非常优秀的老师,然而他无论如何也无法解决中国历史和世界历史进程中枯燥无趣的纪年或频繁如麻的王朝更迭的事件。一当讲到中世纪的黑暗和野蛮时,对古罗马斗兽场的情景却讲得有声有色,生动得使我几乎忘记了这是在上历史课。野兽从怎样的地下暗道放逐出来,奴隶又从怎样的地下囚室爬到场地上与野兽搏斗,我听得毛发倒竖惊心动魄,这主要出自幼年时对野兽的恐惧。我们家乡最凶恶残忍的兽类只有狼,而狮子老虎比起狼来又厉害多少倍呀!一个奴隶面对一只饿过多日的狮子老虎直到被撕成碎块连骨带肉吞噬下去的情景,即使最缺乏想象力又缺乏同情心的人也要闭上眼睛。

也许是我上了些年岁,对野兽的残暴多了一些承受力,直到我站在古罗马斗兽场的场地上时,竟然是一种冷寂心境。我很自然地企图印证历史老师的描绘,企图印证小说《斯巴达克斯》的描写和同名电影里的印象,而眼下的一切都面目全非了。圈形的高耸的围墙大部分坍塌,残缺不全,如同一只凶兽牙齿七零八落豁豁牙牙的嘴;场内的看台也大都坍塌了,依然可以看出那个时候国王贵妃和普通看客的尊卑台阶;囚禁奴隶关锁野兽的地下洞穴也塌窑了,兽和人放逐出来的通道壕沟也壅塞不畅了……历史把鲜红的血和苦涩的泪已经风干风化,历史演进中人类的耻辱也被风吹日蚀得只余一张空干的破皮了。

我的年轻的历史老师绘声绘色讲述人类历史上最野蛮的这一幕情景时,肯定不会料想到一个背馍上学一日三餐全是开水泡馍的听讲学生,以后会站在真实的斗兽场的废址上印证他生动的讲述。又怎能完全冷寂呢?

当希特勒、墨索里尼和东条英机把整个世界变成一个大斗兽场的时候,当我们在某个时期以文化大革命的名义鼓动人与假想的敌人搏斗的时候,人类的如斗兽场的发明者的本性在多次重复演练,才是真正令人触目惊心的。

……

贞节带是一种理论和法律的产物,贞节牌同样是一种观念和道德法绳的产物,同样残忍同等野蛮,然而在它们产生的那个时代却同样堂皇,同样神圣,同样合理;斗兽场和希特勒和东条英机同样自信他们的理论和这理论掀起的屠杀奴隶屠杀世界的战争;"文革"的阶级斗争已无须批判……各个民族生存发展史中留下来的耻辱都钉到耻辱柱上了,然而那钉住的其实只是一张风干了的再无任何蛊惑力量的破皮。

幽灵呢?破皮风干之前原有的幽灵还有没有呢?会不会在某天早晨以一种更具蛊惑力量的装饰,重新向这个世界挥舞贞节带?

1995 年 6 月 28 日西安雍村

口红与坦克

——美、加散记之四

想到这个题目并最终确定下来,仍然觉得有点滑稽,甚至有那么一点荒谬。口红是什么,坦克又是什么?口红派什么用场,坦克又派什么用场?把两件风马牛不相及甚至完全对立的东西焊接成文章标题,首先倒是应该坦白,并非出于哗众取宠出奇制胜的念头,而是一年前在华盛顿街头看到的一尊雕塑的强烈印象。

那是一辆坦克,涂抹着如同实战坦克的铁黑颜色,体积也与实战坦克一般大小,只是没有现实主义的工笔细刻,它是一种粗线条的勾勒和大轮廓的模拟。从艺术上说,可能属于现实主义与现代派的杂交或中性改良。创造者显然并不是要展示这种常规武器的最新产品,甚至无意显示那一代产品属何种型号,只是作为一种常规武器中极具杀伤力的战争的形象,赫赫然摆置在美国首都的一条大街上,准确点说是在大街一旁的比较宽阔的一块草地上。它没有实战坦克最要害的那个部件——炮管,所以它永远也不可能去发射杀人毁物的炮弹。那根炮管被置换为一支口红,长短和粗细的尺码恰好类似炮管。这支口红端直地挺竖在坦克上,戳向天空,偏圆的顶头的红色,像一团火焰,像一瓣玫瑰,或者更像姣美性感的女人的嘴唇?

宽敞的车道,川流不息着各种色彩各种形状的轿车。人道上,匆匆着或悠悠着世界各地各种肤色的男人女人大人和小孩。这辆驮载着一支口红的坦克,就这样与现代都市和谐地统一在一起,构成一道看上去美丽却不只让人仅仅感觉美丽的风景。我在第一眼瞅见它时,不仅没有丝毫焊接的感觉,而且有一种心灵深处的震撼,这震撼的余波一直储存到现在而不能完全消弭。

这尊雕塑的内蕴其实最明了不过,可说是一个十分陈旧的主题,然而又是迄今为止困惑着人类的一个共同的鲜活的话题,雕塑家用简练到简单的笔法,把一个牵涉所有国家和民族的生存理想的大话题凝铸为一组看来不可思议的"焊接",如此明了,如此简练,又如此强烈。同类题材同类意旨的美术作品,最负名望的莫过于毕加索的那只和平鸽,还有一幅颇震撼人心的"铸剑为犁"的雕像,早已沉潜在各个民族一代又一代人的心灵深处,然而这尊象征意旨明朗、透彻的雕塑,依然昭示着人类最切近的生存忧患和生存理想。

人们在雕塑前驻足,凝眸,沉思,留影。白毛的欧洲人黄肤的亚洲人和黑脸卷毛的非洲人都在这儿驻足,把自己的情感寄托给雕像,又把雕塑创造者的美好愿望储存心间:企望这个世界能给他们的妻子女儿一支口红,永远不要发生某天早晨或深夜坦克碾过菜园和牛栏的惨景。德国鬼子和日本鬼子同时在欧亚两个大陆这样干过,美国鬼子在朝鲜和越南这样干过,前苏联同样在捷克和阿富汗如此干过。

用口红取代坦克。

这种强烈的艺术创造让一切平庸的艺术制作感到羞愧和难堪。然而它传达给我的又恰恰不单是艺术创造本身。相信看到这尊雕塑的任何人,都会把他关于战争的全部记忆(直接的或间接的)都激活了。不仅如此,每每通过传媒看到世界某个角落坦克正在发射炮弹的画面或图片,我便联想到华盛顿街头的那尊雕塑。雕塑毕竟是雕塑,艺术也毕竟只是艺术,可以唤醒世界千万计的男女的呼应,可仍然阻止不住实战坦克的行动,坦克却仍然碾碎着那些地区该当涂口红的漂亮的嘴唇。

那个被国际法庭判处绞刑的东条英机和他的同僚战犯,几乎每年都要受到某个大臣乃至某个首相的参拜和祭奠。尽管此举受到整个亚洲和世界的谴责和侧目,闹剧和丑剧依然年年上演。我感到的不单是闹剧丑剧的可笑,而是惊讶参拜者露骨的虚伪,因为哪怕是一个小孩都会明白,即使烧一万吨香蜡纸褙叩一万次响头念一万次佛,都不可能使那些战犯的罪恶魂灵得到安宁,更不可能得到超度了,至于那些在"教科书"和展览图片上屡屡偷偷摸摸搞小动作的人,不仅使世人看到了一个虚伪的灵魂,更看到了他们面对口红和坦克的现实的选择的可能性。

倒是那场世界大战的另一个发动国的现时首脑,在犹太人被害的坟墓前祭献的一束鲜花,尤其是出人意料的那一个长跪动作,不仅告慰的是长眠地下的被蹂躏的灵魂,重要的是使活着的我们看到了一个民族的大气。足以结束一个时代仇恨的一跪,必定成为历史性的一跪——他选择了口红。

那个靖国神社的门前广场,倒是应该有这样一尊坦克驮载口红的雕塑,让那些死去的罪恶的灵魂继续反省,也使那些活着的虚伪的灵魂反省出一个"小"来。

1996 年 10 月

林中那块阳光明媚的草地

——俄罗斯散记之二

早晨醒来便听见哗哗哗的雨声。拉开窗帘就看到满天低沉的黑云,从黑云里倾泻而下的雨条闪着些微的亮光。到俄罗斯整整一周了,走到哪里都是蓝天白云下碧透的天空和鲜亮的阳光,今天遇到下雨了。有阳光又有雨,当是感受俄罗斯大地自然天象变幻的一个小小的又是难得的完满。

冒雨去图拉,拜谒托尔斯泰。车行四小时,大雨一路都在不歇气地下着。我总是忍不住拉开车窗,开阔的原野覆盖着望不透的森林,无边无沿的草场,都笼罩在迷迷蒙蒙的雨雾里。飞进车窗的雨滴打湿了我的头脸,这是托翁故乡的雨。

临近图拉城的标志,是路边终于出现了人。一顶顶简便装置的帆布或塑料帐篷,零散地撑持在公路边上,摆列着一排货架,守候着一个一个女人,都在卖着以图拉命名的饼子。

据说这种饼是闻名俄罗斯的土特产品,以黑麦制成,别一番独特绵长的香味且不论,绝对不加任何防腐剂却可以存贮半年以上,久享盛名。看着在雨篷下守候过路客捎带图拉饼的女人,我顿然联想到家乡关中类同的情景,每到五月初,通往我的白鹿原的原上和原下的两条公路边,便摆满一筐筐一笼笼刚刚摘下来的樱桃;通往临潼秦兵马俑的路旁,九月的石榴和九月末的火晶柿子招惹着世界各方的男女;还有去女皇武则天陵墓的路边,垒堆如小塔的锅盔,既可以整摞整个售购,也可以切成西瓜牙儿一般大小零卖,还有人索性就把大铁锅支在路边现烙现卖。

乾县的锅盔虽不及图拉饼的盛名,却在遍地锅盔的关中独俏一枝,皮脆里绵,满口麦子纯正的香味,武则天在锅盔的香味里滋润了一千多年,该当改为女皇牌锅盔了。看着那些伫立在路边的图拉女人,我想大约和关中路边守候的农夫农妇一样,卖下钱不外乎盖新房,供孩子读书,以及为儿女娶媳妇办嫁妆。托翁故乡的农民和关中乡民谋求生活的方式和思路如出一辙。

车过图拉城时,雨缓解松懈下来。汽车穿过图拉城,从街面建筑和街道的景致看,都显示着一种久远的陈旧,与中国任何一个中小城市一夜之间的全新面目都显示着距离性差别。雨时下时停,出图拉城就看到远方天际一抹蓝天和阳光。拐过两个交叉弯道,就看到一排很长的林木遮蔽下的围墙和一个阔大的门,这就是托翁自己命名的"林中那块阳光明媚的草地"——庄园故居了。

站在宽大的门口,一眼看见两排整齐高大的白桦树的甬道,通向林木笼罩的深处。我跨进大门并走上白桦树下的甬道,踏着用三合土铺垫的大平小不平的路面,庆幸自己终于有缘走在遍布着托翁脚印的土地上了。

托翁一生都走在这庄园里的大路小径果园耕地和林荫草地上,我踏在已经消失沉寂了托翁脚步响声的印痕里,依然感知着一个伟大灵魂神圣的灵性。白桦树依然枝叶茂盛,白色鲜亮的树皮浮泛着诗意。头顶的枝叶不断洒下水滴。甬道土路的小坑浅洼里积着雨水。

左边有一排涂成灰蓝色的木板房,是马厩,庄园里曾经耕田拉车以及溜达的好多匹马,就养在这里,现在依着原样原封不变地保存着,自然都已经圈干槽净了,我似乎还可以闻到马粪马尿和畜生混合的气味。甬道右边还有一排蓝灰色的木板房,是贮藏草料和马具的库房,可以看到门里散落的干草,还有犁具、围脖和套绳,似乎刚刚罢耕归来卸下,散发着马脖子的骚味儿。

还保存着农耕生活记忆的我,顿然浮现出这里添草拌料和骡马踢踏喷鼻的生机勃勃的图景。现在是一片人畜不在的冷寂。

甬道尽头往右拐进去,是一座涂成黄色的两层小楼,这是托尔斯泰的居室和写作间。下层一个大约不超过十平方米的小屋子里,托翁写成了《战争与和平》。

我站在这间屋子的一瞬间,弥漫在心头的神秘顿然散失净尽了。一张不大的木板桌子,不仅谈不到精致或讲究,大约当初只刷过一层清漆,可以清楚地看到被磨损的或粗或细或直或歪的木纹;可以猜想长胳膊长腿的托翁伏案写作时,肯定会摊占大半个桌面。

房间里还有一只小茶几和一张单人床,这床也应是我见过的最窄的一张床了,当是写得腰酸臂痛时伸懒腰的设施。房间不仅没有装饰装潢,更没有如中国文人惯常装备的字画铭题之类,连一个像样的书架都不置备。到二楼的一间几乎同样小的房间里,也是漆成淡黄色的一张木桌,椅子的四条腿截断了一截,低到如同我家里的马扎。

据说是托翁视力不好,椅子低点就可以缩短眼睛和稿纸的距离,避免了低头躬腰。

在这间小小的简便到简陋的书房里,托尔斯泰写成了《安娜·卡列尼娜》。我还想看看写作《复活》的房间,讲解员说这部写作长达十年的小说,托尔斯泰先后换过三个写作间,没有解释换房的原因。

我走出这座二层小楼时,脑子里就突显着两张淡黄色的木桌。我更加确信作家从事的写作这种劳动,最基本的条件不过就是一张桌子和一把椅子,可以铺开稿纸可以坐下写字,把澎湃在胸膛的激情和缠绕在脑际的体验倾泻到稿纸上就足够了,与房子的大小屋内的装备和墙面上贴挂的饰物毫无关系。

说句不算抬杠的话,如果脑子里是空乏的胸腔里是稀薄的,即使有镶着宝石的黄金或白银的桌椅也无济于事。无论如何,我至今还想着那把太低太矮的椅子,坐上去就得把腿伸到很远,坐久了会很不自在的,何不加高桌子的四条腿,同样可以达到既不弯腰低头而缩短眼睛和稿纸的间距,况且能够让双腿自由自如地曲伸……

在这座托尔斯泰写作和生活的黄色小楼前,有一块不大的空地,该当算做院子吧。在这方小院的三面,都是稠密到几乎不透阳光的树林,林间长满杂草,俨然一种森林的气息。楼前的这方小院,除了供人走的台阶下的土路,也都栽种着花草,却不是精细琢磨的管理,完全是自由生长的泼势。

花草园子里有一棵合抱粗的树,不见一片绿叶,粗壮的枝股和细细的枝条,赤裸在空中,在四周一片浓密的绿叶的背景下,这棵树就令人感到一种死亡的凄凉。

我初看到这棵枯死的树时,就贸然想到保存它与周围的景致太不谐调,随之知道这棵树非凡的存在,竟然有一种内心深处的震撼。

枯枝上挂着一只金黄色的铜钟,我初看时就想到小学校里上课下课敲出指令的铜钟。托尔斯泰属于贵族,却操心着贫苦农民的疾苦和委屈,以真诚之心帮助那些寻找救助的人,久而久之,那些四野八乡遭遇困境的乡民便寻到这个庄园来。托尔斯泰在楼前院子的这棵树上挂了这只铜钟,供寻访的穷人拉响,托尔斯泰就会放下钢笔推开稿纸,把敲钟的穷人请进楼里,听其诉叙困难和冤屈,然后给予帮扶救助。

据说有时竟会在这棵树下发生排队,等候敲钟。然而没有哪怕是粗略的统计,曾经有多少穷人贫民踏进这座庄园走到这棵树下,憋着一肚子酸楚和一缕温暖的希望攥住那根绳子,敲响了这个铜钟,然后走进了小楼会客厅,然后对着胡须垂到胸膛的这位作家倾诉,然后得到托尔斯泰的救助脱离困境。

这棵曾经给穷人和贫民以生存希望的树已经死了,干枯的枝条呈着黑色,枝干上的树皮有一二处剥落,那只金黄色的铜钟静静地悬空吊着,虽依原样系着一条皮绳,却再也不会有谁扯拉了。救助穷人的托尔斯泰去世已近百年,这棵树大约也徒感寂寞,已经失去了承载穷人希望的自信和骄傲,随托翁去了。

托翁晚年竟然执意要亲手打造一双皮靴,而且果真打造出来了,而且很精美很结实也很实用。我自然惊讶这位伟大作家除了把钢笔的效能发挥到无可替及的天分之外,还有无师自通操作刀剪银针制作皮靴的一双巧手;我自然也会想到这位既是贵族庄园主又是赫赫盛名的作家,绝不会吝啬一双靴子的小钱而停下笔来拎起牛皮;恰恰是他几乎彻底腻歪了以往的贵族生活,以亲自操刀捏锥表示向平民阶层的转向和倾斜。一种行动,一种决绝,一种背离。

我在听着那位端庄的俄罗斯姑娘说这个轶事时,瞬间想到曾经在什么传媒上看到谁说谁已有了贵族的气象和派势,显然是一种时尚推崇。我似乎感到某些滑稽,昨天还用旧报纸(城里人)和土圪垯(乡下人)擦屁股,一夜睡醒来睁开眼睛宣布成了贵族了……托尔斯泰把他精心制作的这双皮靴送给一位评论家朋友。这位评论家惊讶不已,反复欣赏之后,郑重地把这双皮靴摆到书架上,紧挨着托尔斯泰之前送给他的十二卷文集排列着,然后说:这是你的第十三卷作品。

这话显然不单是幽默,是以俄罗斯人素有的幽默语言方式,表述出对一位伟大作家最到位最深刻的理解。

我真感觉到幸运,在林中的这块草地上领受到了明媚的阳光。雨在我专注于黄色小楼里的一张桌子一把椅子一张照片一页手稿的时候,完全结束了。头顶是一片蓝色的天空和自在悬浮着的又白又亮的云。林子顶梢墨绿的叶子也清亮柔媚起来。阳光从枝叶的空隙投到林子里的硬质土路上,洒在小小的聚蓄着雨水的坑洼里,更显一种明媚。

走到一大片苹果园边,天空开阔了,阳光倾泻到苹果树上,给已经现出颓势老色的叶子也平添了柔和和明媚。树枝上挂着苹果,有的树结得繁,有的树稀里八拉挂着果子。苹果长足了时月停止再长,正在朝成熟过渡,青色里已淡化出一抹白色。

从果树的姿势看,似乎疏于管理;从果形判断,当是百余年前的老品种了,在中国西北最偏远的苹果种植区,早在十几二十年前都淘汰了。这些苹果树和大面积的园子,自然完全不存在商业生产的意义,而是作为托翁的遗存保留给现在的人,现在依然崇拜和敬仰这位伟大灵魂的五洲四海的人。我看不到托翁了,却可以抚摸托翁栽植的苹果树,在他除草剪枝施肥和攀枝折果的果林间走一走,获得某种感应和感受,不仅是慰藉,而且是一种心理的强力支撑。

沿着一条横向的硬质土路走过去,湿漉漉的路面上有星星点点的阳光。路两边是高耸的树,从浓密的树叶的空隙可以看到碎布块似的蓝天和白云,平视过去则尽是层层叠叠的湿溜溜的树干。

我尽可以想象雨后初霁的傍晚,阳光乍泄的林间树丛中,托翁拨开草叶采摘蘑菇的清爽。树林间有倒地的枯木,干皮上生出绿苔和白茸茸的苔衣,都依其自由倒地的姿态保存着,更添了一种原始和原生形态的气息。

这里已没有了剪枝疏果吆马耕田采蘑制靴的托尔斯泰的身影,没有了闻铃迎接穷人听其诉苦的托尔斯泰,也没有了在木纹桌前摊开稿纸把独自的体验展示给世界的托尔斯泰了。然而,一个伟大的灵魂却无所不在。

恰在我到这儿来之前几天,《参考消息》转载一篇文章,说欧美一些作家又重新阅读陀思妥耶夫斯基和托尔斯泰了。我便想，小说的形式和流派如狗追兔子般没命地朝前抢着，跑到"后后后"的地段上，终于有人歇下来缓口气，又往来路上回眺了。看来似乎没有完全过时的形式，只有空虚肤浅的内容最容易被淡忘被淹没。

横着的路出现了三岔口，标示左边通托翁的墓地。路上的光线似乎暗下来，许是树木更密了，也许是太阳光照角度的差异，路面和小水坑里已经看不到亮闪闪的光斑了。在树林的深处，看到了托翁的墓地，完全是意料不及想象不出的一块墓地。在一块临近浅沟的边沿，有一片顶大不过十平方米人工培植的草坪，中间堆着一道土梁，长不过一米，高不过半米，是一种黑褐色的泥土堆培而成。上面没有遮掩，四周没有栅栏防护，小土梁就那样无遮无掩地堆立在小小的草坪上。

我站在草坪前，竟有点不知所措。这样简单的墓地，这样低矮的土梁标志，比我家乡任何一个农民的墓堆都要小得多。没有任何碑石雕像，就是一坨草坪一撮褐黑的泥土，标志着一个伟大灵魂的安息之地。

那个小土梁上有一束鲜花。我在转身离去的一瞬，似乎意识到托尔斯泰是无需庞大的墓地建筑来彰显自己的，也无需勒石刻字谋求不朽的，那小小的草坪和那一道低矮的土梁，仅仅只标示着一个业已不朽的灵魂安息在这里。

离开墓地和通往墓地的林间幽径,有一片开阔的草地,灿烂着红的白的紫的金黄色的野花。季节还算是夏天,雨后的太阳热烈灿烂,仍不失某种羞羞的明媚。我沉浸在野草野花和阳光里,心头萦绕着托翁为自己的庄园所作的命名,"林中那块阳光明媚的草地",真是恰切不过的诗意之地,又确凿是现实主义的具象。

博尔赫斯曾经说过:在一些伟大作家身上流淌的常常不仅仅是本民族的文化血液,而是大都体现了对异域和异质文化的自觉接纳。莎士比亚、歌德、塞万提斯概莫例外。其实,鲁迅又何尝不是如此?这就给一切作家提出了在本民族文化之外,虚心学习异域和异质文化的要求。而一篇《林中那块阳光明媚的草地》,在我看来,恰恰是陈忠实对这种要求的积极回应。这篇作品所披露的对俄国文学大师托尔斯泰的玄想、理解、体味,以及这当中蕴含的敬畏之心和崇敬之感,殆皆映现着作家"拿来"和"融入"的努力,因而值得我们细读和回味。